ラルーナ文庫

蔵カフェ・あかり、水神様と座敷わらし付き

四ノ宮 慶

三交社

CONTENTS

Illustration

天路ゆうつづ

蔵カフェ・あかり、
水神様と座敷わらし付き

本作品はフィクションです。
実際の人物・団体・事件などにはいっさい関係ありません。

プロローグ

息苦しさに耐え切れず、呻《うめ》き声が零《こぼ》れた。

「……うぅ」

――また、だ。

夢うつつの状態で歯噛《はが》みする。直後、全身の筋肉が強張《こわば》り、指先すら動かせなくなった。

金縛りだ。

細く長い縄のようなもので胴から手足をきつく縛《いまし》められたみたいに、身体《からだ》が硬直する。

目を覚まそうと思っても、瞼《まぶた》は小さく痙攣《けいれん》するばかりで開くことができない。全身をギリギリと締め上げる力はいよいよ強くなって、声を発するどころか息をするのも難しく、苦痛に悶絶《もんぜつ》するうちに意識が朦朧《もうろう》となる。

やがて、漆黒に塗り込められた闇《やみ》の中に、ぼんやりと白い物体が浮かび上がった。

――あ。

現実の瞼は固く閉じたままだったが、夢の中、驚きのあまり瞠目《どうもく》せずにいられない。

すぐ眼前で、血で染まったかのような赤い目が、こちらをじっと見つめていた。

白く、ぬるりとした鱗《うろこ》の肌に、赤い双眸《そうぼう》。閉じた口の隙間《すきま》から、先の割れた赤い舌が、ちろちろ、ちろちろと出たり入ったりしている。

——白い……蛇っ？

細い縄だと思っていたものの正体に気づいた瞬間、ゾクッと悪寒が背筋を駆け抜けた。

ただ驚愕《きょうがく》し、瞬《まばた》きを忘れて息を呑《の》む。

やがて白蛇が、ゆっくりと口を開いた。

真っ赤な口の中には、鋭く尖《とが》った白い牙《きば》。

——ああ、食われるのか。

頭の片隅で、ぼんやりそんなことを思う。

白蛇はいよいよ僕の身体を強く締めつけ、骨が軋《きし》むほどの苦痛を覚えた。

夢だというのに、ひどく苦しくて、意識が朦朧としてくる。

締め上げられた腕を伸ばそうともがくけれど、まるで蠟《ろう》で固められたみたいに身体が言うことを聞いてくれない。

全身の感覚がだんだんと麻痺《まひ》していくのを感じながら、虚《むな》しく涙を流し、息を喘《あえ》がせる。

目の前には、毒を滴らせる白い牙と、赤い口。舞い踊るように揺れる、先割れの舌。

このまま、死んでしまうのか？

——恋も、知らずに……。

いよいよ目の前に真っ赤な大きな口が迫り、僕はひと口で呑み込まれてしまった——。

「櫂《たく》……。いつまで寝てるの」

身体を揺すられ、新川《しんかわ》櫂は顔を顰《しか》めた。

「もうお昼になるわよ。いい加減、起きなさい」

母の声に引き戻されるように、意識が覚醒《かくせい》していく。

「ん……」

先ほどまで全身を苛《さいな》んでいた息苦しさは、きれいさっぱり消え去っていた。

櫂は気怠《けだる》さの残る身体で寝返りを打つと、ベッドの横に立って心配そうな顔をする母を見上げた。

「かぁ……さん？」

「すごくうなされてたけど、また……あの夢？」

「……うん」

頷《うなず》くと、母の眉間《みけん》の皺《しわ》がいっそう深くなる。

「大丈夫？　ここ最近、毎晩じゃないの。顔色も悪いし、食事だって……」

「心配いらないよ。昨日忙しかったせいで疲れてるだけだから」

櫂はむくりと起き上がって母の言葉を遮り、薄く微笑《ほほえ》んでみせた。

「それならいいけど、こんなに毎日蛇の夢を見るなんて、何か良くないことが起こるんじゃないかしら……」

「ただの夢だよ、母さん」

少し語気を強めて再び遮ると、母は何か言いたげな表情をしつつも押し黙った。

「だいたい白い蛇は神様だから縁起がいいって、函館のじいちゃんが言ってたって教えてくれたのは母さんだろう?」

もう何年も会っていない祖父の穏やかな笑顔が脳裏に浮かぶ。

母方の実家が都内にあったこと、父が転勤の多いビジネスホテルチェーンの社員だったこともあって、北海道に暮らす父方の祖父母とは疎遠がちだった。

——元気かな、函館のじいちゃん。

十数年前に祖母に先立たれて以来、祖父は一人で暮らしている。

櫂はベッドから抜け出して淡いブルーのパジャマの上にカーディガンを羽織ると、自分より頭一つ分小さな母を見下ろした。

「そうは言うけど……。こう毎日じゃ心配にもなるでしょ?」

「大丈夫だって。それに、じいちゃんの言ってたとおり、いいことの前触れかもしれないだろう?」

まだ何か言いたそうな母を促し、一緒に一階のリビングへ向かった。

——昔は蛇の夢を見ても、こんなふうにうなされたりしなかったんだけどな……。

櫂はいつのころからか、白い蛇の夢をよく見るようになった。

はじめて白い蛇が夢に出たときのことは覚えていないが、当時の話は何度も両親から聞かされてきたから、今では自分の記憶のように感じている。

当初、櫂は今と同じように連夜、蛇の夢を見たらしい。

幼い息子からそのことを聞いた両親は不安に思い、父方の祖父母に相談したという。何《な》故《ぜ》なら、父方の実家のある地域に、白い大蛇にまつわる言い伝えが残っていたからだ。

『ああ、もしかしたら櫂は、蛇憑《へびつ》きなのかもしれんな』

祖父から返ってきた答えに、両親は戦慄《せんりつ》した。蛇憑き——などというおどろおどろしい言葉が我が子に向かって放たれれば、どんな親でもショックを受けて当然だ。

しかし祖父はすぐ「怖がることはない」と、宥《なだ》めるように土地に伝わる白蛇の話を聞かせてくれたらしい。

その話によると、随分と昔から白い蛇は水神の化身とされ、有り難い存在とされていたのだという。言い伝えの中には、蛇の夢を見た子どもは水神の依《よ》り代《しろ》としてとても大切にされ、日照りの際には雨乞《あまご》いをして土地を潤したという話もあるらしかった。

『生贄《いけにえ》にされたとか悪い言い伝えは残っていないし、気にすることはない』

両親は祖父の言葉を訝《いぶか》っていたが、櫂は夢の内容が恐ろしいものではなかったこともあってか、ほとんど気にすることなく成長した。やがて大きくなるにつれて白い蛇の夢を見る回数も減っていき、大学を卒業するころには年に数えるほどしか見なくなっていたのだ。

しかし――。

三カ月ほど前から、櫂の夢に再び、白い蛇が現れるようになった。

そして、毎晩、悪夢にうなされ、金縛りに遭い続けている。

「お昼、今日は少し冷えるから、鍋焼《なべや》きうどんにしようと思うんだけど、食べるでしょ？」

階段を下りたところで、母が振り返って訊《たず》ねる。その表情からは、息子を必要以上に心配している様子が窺《うかが》えた。

「うん。とりあえず、顔、洗ってくる」

櫂は作り笑いを浮かべて頷くと、母の視線から逃げるように洗面所へ向かった。

母の気遣いが、櫂には心苦しくて仕方がない。

母が間もなく三十歳になろうという息子に過剰なまでに気を向ける理由が、白い蛇の夢以外にもあるからだ。

洗面所で鏡に映った自分を見つめ、櫂は重い溜息《ためいき》を吐《つ》いた。

もとから色白でほっそりとした顔立ちだが、今は顔色も悪くげっそりとして、目の下にはクマができている。母親似の丸い目も、瞼が垂れて一気に老けたような印象だ。癖のない黒髪はパサついていて、いっそう疲労感を際立たせている。

疲弊してやつれた自分の顔に、思わず苦笑いが浮かんだ。

「まだ、引き摺《ず》ってるのかな……」

櫂は今、麻布《あざぶ》にあるカフェの店長を務めている。お洒落《しゃれ》でインスタ映えするメニューが多いと評判のカフェで、雑誌やインターネットで紹介されることもしばしばだ。また、櫂のほっそりとして穏やかな面立ちが女性客に受け、イケメン店長としていくつかの媒体に顔写真を掲載されたこともある。

ゲイであることに引け目を感じている櫂は、もともと人前に出るのは得意ではなかった。本音を言えば、取材も苦手だ。

だが、バリスタの仕事に従事しているときだけは、性癖のことを気にせずにいられた。客が自分の淹《い》れたコーヒーを飲んで幸せそうにしているのを見ると、存在を認められたみたいで嬉《うれ》しかった。

学生時代にバイトとしてたまたま選んだバリスタの仕事を、櫂は天職だと思っている。

しかし三カ月ほど前、些細《ささい》なことがきっかけで、店にいづらくなるような出来事が起こった。

もともと櫂は性癖がバレることを恐れるあまり、ゲイの友人は一人しかいない。学生時代、偶然同じゼミで知り合った彼は、当時すでにカミングアウトしていて、櫂にとって唯一悩みを打ち明けられる存在だった。

『恋がしたいなら、出会いのチャンスは自分から摑《つか》みにいかないと駄目だよ』

友人にそう言われ、櫂は一世一代の勇気を振り絞り、昨年のクリスマスの夜、ゲイバーのクリスマスイベントに参加したのだ。

あらゆるゲイコミュニティと距離をとってきた櫂は、その日、はじめてゲイバーに足を踏み入れた。

はたして、そこは櫂にとって夢のような空間だった。

この場にいるのが、皆、自分と同じ仲間だと思うと、不思議な昂揚感《こうようかん》に包まれた。自分を偽らなくてもいいという解放感に、ふだんほとんど飲まない酒を飲み過ぎた櫂を、いったい誰《だれ》が責められるだろう。

酔いもあって警戒心が薄れた櫂は、イベントで盛り上がる中、その場のノリで誰が写しているとも分からない集合写真に笑顔を向けた。

その写真がSNSに投稿されたのだ。

翌日には、そこに写った櫂が人気カフェの店長だと気づいた誰かが、悪意のあるハッシュタグをつけてインターネット上に拡散させた。結果、カフェの公式ブログやSNSが炎上し、嫌がらせ目的の客がやってきたりした。

それから数カ月が経って、ようやく店は落ち着きを取り戻しつつある。

ただ、櫂は不本意な形でカミングアウトすることになり、カフェのスタッフや友人との関係もいまだにぎくしゃくしたままだ。

両親は事情を知らずにいるのか何も言わない。しかし、幼い子どもに接するような母の態度を見ると、何かしら気づいているのだろうと思う。

今の時代、同性愛者であることを理由に辞職を促されたりはしないが、いつまた同じようなことがあるか分からない。

両親にだって、心ない言葉が投げつけられるかもしれない。

そう思うと、櫂はいたたまれなくて堪《たま》らなかった。

そうして、職場や自宅で居心地の悪い毎日を過ごすうち、十数年ぶりに白い蛇の夢を見たのだ。

最初は数日おきだったのが、今月に入ってからは毎晩、白い蛇に身体をきつく締めつけられる夢を見るようになった。お陰でもうずっと睡眠不足が続いている。

「たーくー！　もうすぐできるわよ」

キッチンから母の呼ぶ声が聞こえ、櫂は慌ててバシャバシャと顔を洗った。

「これ以上、心配かけないようにしないと」

タオルで顔を拭《ぬぐ》い、もう一度鏡を見つめると、櫂は両手で頬《ほお》を挟むようにして叩《たた》いた。

そして、急いでキッチンに向かうと、リビングのソファに腰かけて電話している父の背中が目に入った。父の姿に、今日が日曜だったと気づく。日本中を転々としながらホテルマンを続けてきた父は、今は都内の本社で営業部長となっていた。

「函館のおじいちゃんからみたい」

母が鍋敷きをテーブルに並べながらそっと教えてくれる。

「え……？」

ついさっき、母と祖父のことを話したばかりだったため、タイミングのよさに驚く。

櫂が椅子《いす》に腰を下ろすと同時に、父が通話を終えた。

「なんだ、まだそんな格好をしているのか。仕事はどうした」

ソファから立ち上がった父が、櫂を見るなり呆《あき》れ顔で言った。

「今日は……公休消化で休みをもらったんだ」

バツの悪さを覚えつつ答える。

すると、今まで日曜に休んだことなどなかったせいか、父は少し不思議そうな顔をした。

「お義父《とう》さんから電話してくるなんて珍しいわね。なんのお話だったの？」

テーブルにつく父の前に鍋焼きうどんを置きながら母が訊ねる。母方の祖父母が数年前立て続けに鬼籍に入ったこともあってか、母は函館の祖父のことを何かと気にかけているようだった。

「うん、それなんだがな……」

箸《はし》を手にする様子もなく、父が向かいに座った櫂を見つめる。

「櫂」

「……なに？」

何を言われるのだろうと少し緊張しつつ、櫂は父の言葉を待った。

「お前、函館で自分の店をやってみないか？」

「……え？」

一瞬、言葉の意味が理解できず、きょとんとなる。

悪夢にうなされながら目を覚ました、日曜。

父から投げかけられた問いかけが、諦《あきら》めかけていた人生の大きな転機となるとは、櫂自身、欠片《かけら》も思ってもいなかった。


美しい坂道と西洋建築が彩る景色が人気の函館市街地も、ゴールデンウィークを過ぎると行き交う観光客の姿はそう多くはない。

「ハァ……。こんなことなら、素直にタクシーにすればよかったな」

大きなキャリーバッグの持ち手を握り直すと、櫂はうっすら額に滲《にじ》んだ汗を手の甲で拭い、忌々しげに坂の先を睨《にら》みつけた。

二十数年ぶりに訪れた函館の街を少し歩いてみたくて、基坂《もといざか》の下でタクシーを降りたのだが、後悔したところであとの祭。元町《もとまち》公園や旧イギリス領事館あたりまで上った時点で息があがり、両腿《りょうもも》に乳酸が溜《た》まっていくのを実感する。

「けど、もう少しのはずだから頑張るか」

己を鼓舞するように呟《つぶや》くと、櫂は再び歩きだした。

観光名所として名高い旧函館区公会堂から少し離れた細い坂道の先には、蛇のようにうねった階段が続いている。

「たしかにこの坂道と階段は、お年寄りじゃなくてもきついよなぁ」

うんざりしつつ、ひと月ほど前の父とのやり取りを思い出す。

『実は函館のじいさんが、やっと同居する気になってくれてな』

両親が一人で暮らす祖父を何度も呼び寄せようとしていたことは、櫂もよく知っていた。しかし、祖父は十数年もの間、頑《かたく》なに拒み続けていたのだ。

『坂道や階段がきつくなったと言ってな。ご近所さんやよく知りもしない他人に迷惑をかけるぐらいなら、潔く息子夫婦の世話になった方がいいと思ったらしい』

聞けば祖父は数日前、自宅へ続く階段で転んで怪我《けが》をしたという。幸い軽い打撲のみで済んだらしいが、それが同居を決定づけたということだった。

『だが、うちで同居するのはいいが、どうしてもあの家を手放したくないと言って譲らない。なんとかじいさんを納得させる方法がないか考えていたんだが……』

坂道を上りきり、細い石造りの階段を見上げて櫂は溜息を吐いた。

「だからって、いきなり自分の店をやれなんて、ふつうは思いつかないだろ」

祖父と電話で話した直後、いきなり父から投げかけられた言葉が、ひと月半後には実現されようとしているのだから勢いというものは恐ろしい。

「これから毎日、この坂を上ったり下ったりするのか……」

小さく独りごちてから、意を決して階段を上り始める。

段数にして八十八の階段を、重いキャリーバッグを引っ張り上げるようにして上った先には、なんとも趣きのある古民家が静かに佇《たたず》んでいた。質素な板塀と腕木門《うでぎもん》の向こう側には、松の古木や若葉の茂る桜など様々な木々が植えられている。周囲に民家はなく、背後は青々とした木々が茂り、函館山の頂《いただき》へと続いていた。

「たしかに、建物だけでもお客さんが呼べそうだ」

明治時代に建てられたという蔵を見上げ、櫂は思わず笑みを浮かべた。少し汚れているが、白い漆喰で壁を塗られた蔵はとてもインパクトがある。坂と階段という難点はあれど、函館という日本国内だけでなく海外にも知られた観光地で、旧函館区公会堂やハリストス正教会など歴史的建造物の名所からもほど近い立地に恵まれている。ほかにも、家の下の階段にたどり着くまでには、明治から昭和初期に建てられた擬洋風民家も多く見られ、観光客は飽きずに坂を上がってくることができるだろう。

振り返れば、函館港を一望する絶景が広がっていた。夜になれば函館山山頂にも劣らない見事な夜景が望めるに違いない。

『お前の手腕次第で、とんだ繁盛店になるかもしれないぞ』

父は自分の実家が観光客相手に売りになる要素を持っていると、いつから認識していたのだろうか。業種は異なれど、櫂は父の営業手腕に感心するばかりだった。

「……ここで」

再び祖父の家を見上げ、櫂はコクリと喉《のど》を鳴らした。

「生き直せる……かな」

ゲイであると自覚したときから、なんとなく、人並みの幸福は得られないと思っていた。ともに働いた仲間や信頼してくれた上司、そして唯一のゲイの友人に迷惑をかけ、家族にまで言葉では言い表せないくらいの心配をかけてきた。

心の傷を抱え込んだまま、生きる意味を見失い、すべてを諦めかけていたのだ。

けれど……。

『お前、カフェの仕事が好きなんだろう？　だったら、いつまでも雇われ店長なんかで燻《くすぶ》っていないで挑戦してみろ』

やはり、父は何もかも知ったうえで、気にとめてくれていたんだろう。そうでなければ、咄嗟《とっさ》に函館の家でカフェをやってみないかなんて、思いつくはずがない。父なりの優しさに背中を押され、やっと、新しい一歩が踏み出せる気がする。

――生まれ変わるつもりで挑戦するって、決めただろう。

櫂は東京を離れると決めたときに、それまで自分を形作っていたすべてを捨てた。家族と数少ない友人以外、家具や服、携帯電話も、何もかも……。

「よし」

小さく頷くと、櫂は腕木門の扉を開いた。

函館の祖父の家には、小学校入学前の夏に一度訪れたきりで、当時の記憶はほとんどない。櫂の節句や入学式の際には、祖父母が東京まで出てきてくれるのが常だった。けれど、庭に一歩足を踏み入れた途端、櫂の胸に懐かしさが込み上げた。それはまるで、この古い家が櫂の故郷だと錯覚しそうなほどの熱量で……。

「どうして、帰ってきた……なんて、思うんだ……？」

カットソーの胸許《むなもと》をぎゅっと摑んで首を傾《かし》げるが、答えは見つからない。

櫂は不思議な昂揚感を抱いたまま、ゆっくりと庭を進んだ。

門を入って右手に、古いけれどしっかりとした白壁の蔵。まっすぐ進むと平屋建ての母屋の玄関になる。それほど広くない前庭には、門から玄関までと、蔵の入口に向かって天然石の飛び石が敷かれていた。

「ああ、勝手口と蔵の入口が渡り廊下で繋《つな》がってるのか」

母屋も蔵も古いけれど、しっかりと手入れされていたらしい。

櫂はそのまま玄関に進むと、鍵《かぎ》を開けてガラスの嵌《は》められた引き戸に手をかけた。

「お邪魔します」

名義変更の手続きも終えて、土地も建物も自分のものになってはいるが、思わずそう言わずにいられない。

引き戸を開けると、雨戸などすべて閉め切っているせいか、昼下がりだというのに家の中は薄暗かった。

広めの三和土《たたき》にキャリーバッグを置き、スニーカーを脱いで上《あ》がり框《がまち》に上がる。昭和初期の建物だけあって天井が低く、一七〇センチに満たない櫂でもちょっとジャンプすれば天井に手が届きそうだ。

「とにかく、窓を開けて空気を入れ替えよう」

祖父がこの家を離れて一週間が過ぎている。その間ずっと閉め切られていたせいか、屋内の空気が澱《よど》んでいるように感じられた。

櫂は函館に旅立つ前、東京へやってきた祖父と、譲り受けた家と蔵の管理や地元の人々との付き合い方など、いろいろなことを話して過ごした。

『古くてあちこちガタがきているが、ばあさんとの思い出が詰まった大事な家だ。それをアカの他人になぞ譲りたくなくてなぁ』

聞けば、祖父母は幼馴染《おさななじ》みで、小さいころから密《ひそ》かに思い合っていたという。お互い大人になったとき、祖母に見合いの話があると聞いた祖父はいてもたってもおられず、祖母の家へ駆けつけ求婚したのだと教えてくれた。つまり、二人は静かな大恋愛の末に結ばれたのだ。

『孫のお前が継いでくれるなら、ばあさんもきっと喜ぶだろうよ』

少し丸まった背中を揺らして笑う祖父を、櫂は羨望《せんぼう》の眼差《まなざ》しで見つめた。

愛した人を亡くしても、ひたすらに深く思い続ける姿に憧《あこが》れを抱かずにいられない。

──いつか、自分にもそこまで深く愛し合える人が現れるだろうか……。

祖父の言葉を聞いて、期待とも夢とも言えない淡い感情が胸に溢《あふ》れた。

寛大で聡明《そうめい》な父と、思いやりに溢れた母。そして、深い愛を貫く祖父の姿に、櫂は後ろ向きな自分を恥じた。

まだ、すべて忘れることも、振り返らずに前を見つめることもできない。

しかし、誰も知る人のいない北の街でなら、もう一度、自分らしく人生を歩んでいけるような気がする。

覚悟と呼ぶには少し大袈裟《おおげさ》な気もするが、櫂は新たな気持ちで東京をあとにしたのだ。

「まずは、蔵から……」

荷物をそのままにしてカットソーの腕を捲《まく》ったそのとき、櫂の耳に子どもの笑い声がかすかに聞こえた。

「え……？」

まさかという想いで、声が聞こえた台所の方へそっと進んでいく。心臓がドキドキと高鳴って、緊張のせいか無意識に左手を握り締めた。

『あの家には、座敷わらしが棲《す》みついとる』

櫂の頭に、東京の家を出てくるときに祖父からこっそり聞かされた言葉が浮かんだ。

『おれは、一度も見たことはないがの』

日に焼けた皺だらけの顔に、悪戯《いたずら》っぽい笑みを浮かべてそう言った祖父。

『座敷わらしなんて、そんな……』

別れ際に妙な冗談を口にすると思ったが、祖父は困惑する櫂に一通の封書を渡した。

『ここに、お世話の仕方なんかを書いといた。最後の方はまともにお世話できんかったから、帰ったらとにかく蔵の様子を見てくれ』

茶封筒を押しつける祖父を問い質《ただ》そうとしたが、そのとき丁度、迎えのタクシーが実家の前に着いてしまい、確認できないまま出てきてしまったのだ。

「まさか……本当に？」

座敷わらしなんて、昔話でしか聞いたことがない。

櫂は数秒の間、薄暗い廊下に立ち竦《すく》んでいたが、やがて意を決すると、台所を通って蔵への渡り廊下へ向かった。

台所の勝手口と蔵の入口は、一メートほどの板張りの廊下で行き来できるようになっていた。蔵の観音開きの扉は見るからに強堅そうで、古びた錠前がかけられている。櫂は祖父から預かった鍵を取り出すと、慎重に鍵を開けた。日ごろからきちんと手入れされていたのだろう。扉は思いのほか軽く開いていく。

すると、手の込んだ格子づくりの引き戸――蔵戸が現れた。ひと目で年代物だと分かるほどきれいに磨き上げられた木目は、全体が深みのある飴色《あめいろ》に変色していてとても美しい。

「……っ」

いきなり目の前に、座敷わらしが現れたらどうしよう。

かすかな不安を覚えつつ、櫂は引き戸をそろりと開けた。と同時に、内部へ目を凝らす。

祖父から蔵にあった不要品はすでに処分したと聞いていたとおり、中はがらんとして人の笑い声どころか物音すらしそうにない。

「誰も……いない、よな」

板張りの床の上には何もなく、通りに面した場所に設《しつら》えられた出窓から差し込む穏やかな光が蔵の中を照らしているばかりだ。

櫂は首を傾げつつ蔵の中に入ってみた。入口から見て左手に階段簞笥《かいだんだんす》があって二階へ上がれるようになっている。

『座敷わらしを祀《まつ》った部屋が、蔵の二階にある。その部屋にばあさんは毎日子どもが好みそうな菓子を供えていたんだ』

入口の格子戸と同じく、ぴかぴかに磨き上げられた階段箪笥を見つめていると、祖父の言葉どおり座敷わらしが蔵の二階にいるような気がしてきた。

「たしか大人には見えないんだっけ……」

伝え聞くとおりなら、姿が見えなくても仕方ない。

「でも、座敷わらしはその家に幸福をもたらすって話だしな」

不思議と、恐ろしくなかった。

それよりも、座敷わらしと一緒に暮らせるなんて、なんだか面白そうだとすら思う。

白蛇の夢を見て怖がらなかった幼いころから、櫂は不可思議な出来事や目に見えない存在を、「それはそういうもの」とごく自然に受け入れてきた。怖い目に遭っていれば違っていたかもしれないが、実際そんなことは一度としてなかったからだろうと推察している。

「とにかく、挨拶《あいさつ》も兼ねてお供えをしないと」

階段箪笥の先を見上げて呟き、櫂はふと、自分が笑みを浮かべていることに気づいた。

東京にいる間、毎日鬱屈《うっくつ》した気分でいたのが嘘《うそ》みたいに、今、櫂の胸はドキドキとして新しい生活への期待に満ちている。

ここで、自分らしく生きていく。

両親と祖父の心遣いが改めて身に滲《し》みるのを感じつつ、耀は何かから解き放たれたような解放感を覚えていた。

翌日から、耀はさっそく蔵のリフォームに取りかかった。

といっても、掃除をして新しく畳を入れ、祖父母が愛用していた和箪笥や円座卓を母屋から運び入れればほとんどの作業は終わったも同然だ。焼き菓子や軽食といったものしか出すつもりはないので、厨房《ちゅうぼう》は母屋の台所で充分間に合うし、食器も水屋にあるものを再利用することにした。コーヒーマシンやオーブンなど足りないものも手配済みだ。

リフォームらしいことといったら、門扉から続く飛び石の途中に、母屋と蔵を繋ぐ渡り廊下に向かって小さなくぐり戸を作ったことぐらいだ。客にはこのくぐり戸をくぐって渡り廊下に上がってもらい、蔵――店内へと案内することになる。厚い扉の脇《わき》には祖父母が使っていた下駄箱を置いて客の靴をしまうことにした。

そうして観音開きにした扉にかかった暖簾《のれん》をくぐり、飴色の蔵戸を開けて、客は蔵の中へ足を踏み入れる。

蔵の中に入った瞬間、田舎の祖父母の家を訪ねたような懐かしさを感じてほしい。

祖父母が愛用した家具や調度品をそのまま利用したのは、そういう意図があってのことだった。

西洋文化が早くに花開いた開港地だけあって、函館には西洋風の建築物があちこちにあり、それらを利用した洒落たカフェが多く点在している。非日常的空間に癒《いや》される客がいることはたしかだろうが、櫂は同じような店を出しても仕方がないと考えていた。

昔ながらの日本の雰囲気の店内は、きっと外国人旅行客にも喜んでもらえるだろう。

「あとは、マシンが届けば……いよいよだな」

オープンを二日後に控えた朝、櫂は蔵の内部を見回して呟いた。

手にしたトレーには、試作したフィナンシェが盛られた小皿と、濃いめに淹れた緑茶の入った湯呑《ゆの》みがのっている。

櫂は祖父の頼みに従って、越してきたその日から、蔵の二階にある小部屋に菓子とお茶を欠かさず供えるようにしていた。

不思議なことに、供えた菓子が夕方になると消えてなくなるという現象が続いている。

だが、櫂は恐怖や不安より、座敷わらしに対する強い好奇心をより抱くようになっていた。

「それにしても、どの食器も味わいがあって趣味がいいな」

祖父が子どものころから使われていた水屋には、古い食器がたくさん残されていた。陶器の茶碗《ちゃわん》に小皿、湯呑みや漆塗りの椀《わん》など、蔵を利用したカフェにはぴったりだ。

「おーい、いるかい？」

階段箪笥の一段目に足をのせたところへ、ダミ声で呼びかけられて振り返る。すると蔵の入口から、頭にタオルを巻いた日焼けした中年の男が顔を覗《のぞ》かせるのが見えた。

「あ、井口《いぐち》さん。こんにちは」

櫂はトレーを手にしたまま入口へと近づいて会釈をする。

井口は厨房機器のリースや販売を行っている地元の業者で、櫂の父とは同級生という間柄だ。

「頼まれてたナントカマシン、届いたぞ。設置は母屋の台所でよかったよな？」

「はい。玄関、開けてありますから、そっちから運んでもらえますか」

「分かった。……ところでソレって、座敷わらしのお供えか？」

井口がトレーのフィナンシェとお茶を見て、意味深な笑みを浮かべる。

「いるかいないかも分からねぇのに、律儀に泰治《やすじ》さんの言いつけ守ってンのか？」

「この家を譲り受けたとき、きちんとお祀りすると祖父と約束したんです。それに……」

櫂はそこで一旦口を閉じると、井口に顔を近づけた。そして、声を潜めて先を続ける。

「あながち、迷信でもなさそうなんですよ」

上目遣いに告げると、井口がギョッとして息を呑んだ。

「え……。まさか、見たのか？」

信じられないといった様子の井口に、櫂は静かに首を振った。

「いいえ。でも、もしかしたらいるんじゃないかなって、そんな気がするんです」

――まさか、お供えのお菓子が毎日なくなっているなんて、言わない方がよさそうだな。

井口の驚きぶりを見て、櫂は咄嗟に言葉を濁した。

すると、井口が神妙な面持ちで蔵の天井を見上げて櫂に言った。

「実はな、まだガキのころに、何度か妙な物音を聞いたことがあってな」

「え、本当ですか？」

今度は櫂が目を見開く番だった。

「お前の親父《おやじ》はまるで信じちゃいなかったし、俺も見たことはなかったが、昔からこのあたりに住んでる古い人間の間じゃ、新川の座敷わらしの話は有名だった。ガキのころの仲間で見たって言うヤツもいたが、子ども特有の見栄だと思って信じなかったんだが……」

座敷わらしの噂《うわさ》など欠片も信じていなさそうな井口の話を聞いて、櫂は思わずコクリと喉を鳴らした。

――やっぱり、見えないだけでいるのかもしれない……。

祖母が、そして祖父が何十年もお供えを欠かさずにいたのは、単なる迷信のためではなかったのだろう。

「しかし、妙なモンがいるかもしれないって聞いて、気味が悪いと思わなかったのか？」

二階を感慨深げに見つめていると、井口が問いかけてきた。

「いえ。祖父や父からも、とくに災いが降りかかったとかいう話も聞いていなかったので、どちらかといえば、面白そうだなって……」

平然と答えると、井口が不意にはっとして櫂を見つめてきた。

「ああ、そういえば……お前さん、『蛇憑き』かもしれないって泰治さんが言ってたな」

「……あ」

一瞬、櫂の脳裏に白い大蛇の姿が浮かび上がる。

それこそ気味悪がられるかと身構えると、井口は上機嫌に櫂の肩を軽く叩いた。

「そうか。そりゃ、縁起がいい」

しかし、井口は櫂の予想に反して、白い歯を見せて朗らかに笑った。

「座敷わらしといやぁ、家に財をもたらす福の神だろ。その家の新しい主が水神様の御加護を受けた蛇憑きとくりゃ、この蔵カフェは繁盛間違いなしだ！」

厨房機器の販売業者というよりは、漁師といった方がしっくりくる日焼けした顔をくしゃくしゃにして、井口は櫂の尖った肩をポンポンと何度も叩く。

「え、あ、はぁ……」

トレーにのせた湯呑みからお茶が零れそうになって、櫂はしどろもどろに返事することしかできない。

「水神様と座敷わらし付きなんて、いい宣伝になるぞ。街のフリーペーパーにも載せてもらうといい」

「いや、そこまでは……」

見えないものをあたかも存在するかのように宣伝するのは、さすがに気が引ける。

「この蔵と、僕の淹れるコーヒーとお菓子を楽しんでもらえたら充分ですから」

自分で店を持つなら、落ち着いた空間にしたいと考えていた。

そんな櫂の反応に、井口は不満そうな表情を浮かべる。

「それに、あんまり騒がしくなると、座敷わらしが出ていってしまうかもしれませんし」

慌ててフォローの言葉を継ぎ足すと、井口は「それもそうか」と頷いた。

「まあ、とにかく応援してるから、頑張れよ。知り合いにも宣伝しておいてやるから」

「ありがとうございます」

櫂が会釈すると、井口はコーヒーマシンを運び入れるために蔵から出ていった。

しばらくの間、櫂はその場に佇んでいたが、湯呑みのお茶の湯気が消えていることに気づいて、慌てて新しく淹れ直しに台所に戻ったのだった。

そうして、その日の夕方――。

日が沈む前に蔵の二階にある座敷わらしを祀った部屋にいくと、いつもどおり塗りの膳《ぜん》の上には空になった小皿と湯呑みだけが残されていた。

「……本当に、いるんだろうか」

蔵の一階部分の半分ほどしかない部屋を見回して小さく呟く。部屋には積み木やけん玉など、昔懐かしい様々な玩具《おもちゃ》が置かれていた。

コーヒーマシンの調整の合間、座敷わらしについてインターネットで調べたところ、福をもたらす座敷わらしに永くいてもらうため、家の一画に子どもが好む小部屋を作る風習があるということが分かった。

小さな窓から西日が差し込んで、部屋は幻想的な雰囲気を醸し出していた。太い梁《はり》が剝《む》き出しになった二階部分は天井が低く、櫂は中腰にならないといけなかったが、幼い子どもならのびのび遊べる広さだ。

「でも、フィナンシェは毎日なくなってるけど、玩具で遊んだ気配はないし……」

まさかネズミや予想しない小動物でも棲みついているんじゃないだろうか。

しかし櫂はすぐに、頭に浮かんだ考えを自分で否定した。

「くだらない。ネズミなんかより、座敷わらしの方が夢があってよっぽどいい」

空になった小皿と湯呑みを下げながら、櫂は無意識に頰を綻《ほころ》ばせる。

大人になった今では、もうその姿を見ることはできないかもしれない。

けれど……。

「これから少し騒がしくなるけど、どうぞよろしく」

階段箪笥を下りたところで二階を振り返ると、櫂はそう言って深々と頭を下げた。

その後、小皿と湯呑みを台所の流し台に置くと、櫂は母屋の裏手にある庭へ向かった。

「落ち着いたら、ここもきちんと手入れしないといけないな」

カフェの準備に忙しく、引っ越しの荷解きもほとんどできていない状況で、裏庭まで整備する余裕はまるでない。

祖父が元気だったころは雑草を抜いたり、庭木の手入れもしていたらしいが、祖母を亡くして以来、玄関まわりを整えるだけで精一杯になったと聞いていた。

櫂は寝室となっている六畳間の濡《ぬ》れ縁《えん》から下りると、持参したサンダルを引っかけて雑草で埋め尽くされた庭の様子を探るように歩いた。

裏庭の広さは二十坪ほどだろうか。宅地として開発するときに削ったらしい斜面はそのまま函館山へと続いている。

「きちんと整備すればオープンカフェにできるかも」

そんな夢を脳裏に思い描きつつ、雑草を搔《か》き分けて庭の端まで進んだところで、斜面が不自然に崩れたような痕跡《こんせき》を見つけた。そこから先はふつうの山の斜面で、ブナや松、杉が生える自然林となっている。

「……これって、鳥居？」

斜面の下部の土塊《つちくれ》の中から、小さな石造りの鳥居の上部が覗いていた。

櫂は少し驚きつつ、衝動のままに崩れた土砂の上にハナイカダやムラサキシキブが生えた場所へしゃがみ込み、落ち葉の積もった斜面を手で掘り返し始めた。思ったよりも、土砂はやわらかく、崩れたのは比較的最近ではないかと思われた。

指の爪《つめ》の間に土が入り込むのも厭《いと》わずに掘り進めると、やがて鳥居のほかに、木の根と土砂に埋《う》まった簡素な造りの祠《ほこら》のようなものが現れた。高さは三十センチほどで、あちこちひびが入り激しく侵食されているうえ、崩れた土砂や木の根に埋もれていて全容は把握できない。少し離れた場所に屋根の部分が割れた状態で転がっている。

「なんの祠だろう……」

祖父や父からは、祠があるなんて話は聞いていなかった。

櫂は考えを巡らせながら、片方の脚が折れてしまった鳥居の土を払い落とし、祠にまとわりつく木の根を剝《は》がしていった。そして、祠の前に少し盛り土をして鳥居を立てかけると、手を二回叩いて拝礼した。

「きちんとお祀りした方が……いいよな」

何を祀ったものか分からないが、丁重に扱う以外に思い浮かばない。

「日も暮れてきたし、明日、開店準備が落ち着いたら、お供えを持ってきますね」

小さな祠を見つめて呟いたとき、足許《あしもと》で雑草が小刻みに揺れた。

ハッとして目を向けた櫂は、目に飛び込んできた光景に息を呑む。

「白い、蛇……っ？」

夕暮れの薄闇の中、体長二十センチほどの白くて小さな蛇が、雑草の下で身体をうねらせていたのだ。

咄嗟に、夜毎《よごと》夢に見た白い大蛇が思い浮かんだが、目の前にいるのは比べものにならないほど小さな幼体に見える。

「もしかして、この祠は伝説の水神様を祀ったものなんじゃ……」

白い蛇を見ても、櫂は不思議と恐怖を感じなかった。驚きに心臓がドキドキと高鳴ってはいたが、ぎょっとするよりは蛇を踏みつけずに済んでよかったという気持ちが大きい。

「こんなところにいたら、危ないですよ」

そっと足を退《ど》けて、白い蛇を手で山の方へと追い立てる。

小さな白蛇は、しばらくの間櫂の足許をうろうろと這《は》っていたが、やがてゆっくりと祠の脇から山の藪《やぶ》の中へ消えていった。

櫂は闇の中に白く浮かび上がる細い身体が見えなくなったのを確認すると、もう一度祠に軽く頭を下げてその場を離れた。

「水神様の祠だとしたら、それこそちゃんと整備しないといけなくなるな……」

とにかく、一度東京の祖父に相談しなければならないだろう。

それにしても、座敷わらしに謎《なぞ》の祠に白い蛇と、函館にきてから不可思議なことが立て続けに起こるものだと感心する。

すっかり夜の帳《とばり》が下りた中、母屋の明かりを頼りに庭を歩きつつ、櫂はふと気づいた。

「そういえば、こっちにきてからあの夢、見ていない……な」

開店準備の忙しさで、悩んでいる暇などなかったせいだろうか。

以前勤めていたカフェでの出来事を思い出し、悶々《もんもん》と塞《ふさ》ぎ込むこともなくなっている。

「楽しい、からだ」

自分が笑っていると気づいて、櫂は久々に胸がはしゃぐのを覚えた。

「それにしても、夜になると途端に冷える」

五月半ばだというのに、肌寒くて震えがくる。やはり東京とは気候がまるで違うのだ。

ぶるっと肌を震わせながら、櫂は急いで母屋に上がり、夕飯の支度に取りかかった。

その後、ひと心地ついてから実家へ電話をかけたが、祖父はすでに眠ってしまったらしく、庭の祠の話を訊《き》くことはできなかった。

『明日、おじいちゃんが起きたらかけ直す？　伝言があるなら聞いておくわよ？』

携帯電話越しに問いかける母に、櫂は小さく首を振る。

「いや、いいよ。明日は開店前日だし、しばらくはバタバタすると思うから、落ち着いたらまたこっちから電話する」

明日は近所の住民を招き、挨拶がてらのプレオープンを行うことになっていた。人を雇う余裕がないため、一人できちんと仕事をこなせるかのシミュレーションも兼ねている。

『そう。じゃあ、頑張ってね。お花、送っておいたから』

「ありがとう。頑張るよ。父さんやじいちゃんによろしく伝えて」

両親や祖父に余計な心配をかけたくないと思った櫂は、祠のことを伝えないまま通話を終えた。祖父もまだ東京での暮らしに慣れていないだろうし、何より櫂自身、新しい生活が落ち着くまで余裕がない。

「もう少し、明日の確認をしてから寝よう」

厨房での作業や接客、掃除や宣伝まで、たった一人でこなさなければならないため、櫂は夜遅くまで様々なシミュレーションを頭の中で繰り返した。

ようやく睡魔に襲われたのは、日付が変わった午前一時過ぎのこと。

いつから降り始めたのか、激しい雨風が雨戸をガタガタと揺さぶっている。

「雨が降るなんて、天気予報じゃ言ってなかったのに……」

ここ数日は晴れが続くと聞いて安心していただけに、櫂は台風を思わせる風雨が気になって仕方がなかった。

パジャマ姿で掃き出し窓に近づき、ガラス窓に続いて雨戸をそっと開けて様子を窺う。

「うわっ……」

直後、十センチほどの隙間から大粒の雨と突風が吹き込み、櫂は咄嗟に右手を顔の前にかざした。同時に、左手で慌ててガラス窓を閉めようとするが、雨に濡れた手が滑って思うようにできない。どうにかガラス窓を閉めたときには、櫂の前半身はバケツの水を被《かぶ》ったみたいにびしょ濡れになっていた。当然、畳も濡れてしまっている。

「あー……」

あまりの惨状に呆れて、溜息しか出ない。

「とにかく、雑巾《ぞうきん》……」

独りごち、踵《きびす》を返そうとした瞬間、櫂の左足に覚えのある感覚が走り抜けた。

——え。

瞬時に、全身が金縛りに遭ったみたいに硬直する。

細く長い何かが、櫂の足を締めつけている。不思議なことに、ソレはゆっくりと長さと太さを増して、腰から腹、肩から腕へ、徐々に上ってくるようにして巻きついてきた。

「な、んで」

唇を戦慄《わなな》かせ、思わず呟く。

大きく見開いた目に映ったのは、白く細長い、ぬらりとした生き物。

濡れたような白銀の鱗に、赤い目。口から先の割れた赤い舌が出たり引っ込んだりを繰り返している。

「しろ……へ、び……」

ドクン、と心臓が大きく跳ねたかと思うと、櫂は驚きのあまりその場に尻餅《しりもち》をついてしまった。

信じられないことに、最初数十センチほどだった白い蛇の身体が、櫂の全身を何重にも締めつけてなお余りあるほどに巨大化している。身体の太さも、櫂の太腿《ふともも》より逞《たくま》しい。

櫂は声を失ったまま、ただ瞠目して白く巨大な蛇を凝視するばかりだった。

──もしかして、夢……？

しかし、窓に叩きつける雨風の音や、全身をやんわりと締めつけるヒヤリとした白蛇の感触が、すべて現実だと突きつける。

このまま、夢のように蛇に呑み込まれてしまうのだろうか……。

一瞬、諦めに似た感情が胸を過《よぎ》った、そのときだった。

『会イタカッタ』

櫂の頭の中に、聞き覚えのない男の声が響いた。

「えっ……な、なに？」

経験したことのない不思議な感覚に困惑する。わずかに首を動かし部屋を見回すが、男の姿などどこにもない。

「まさか、蛇が……喋《しゃべ》るなんて──」

信じられない想いで、目の前の大蛇を見上げる。

『ドンナニ……オ前ヲ待チ続ケタカ……』

再び頭の中で声がしたかと思うと、白い蛇が大きな頭をゆうらりと擡《もた》げ、櫂の目の前で舌を揺らめかせた。

――食われる。

何度も見た夢とまるで同じ状況におののき、堪らず目を閉じる。

すると、直後にぬるっとした何かが唇に触れ、続けて鋭い痛みが走った。

「痛っ……」

小さな悲鳴をあげると、裂けた唇から溢れた血が口内に流れ込んできた。生ぬるい鉄錆《てつさび》の味を感じたところで、突然、白い蛇がするりと縛めていた櫂の身体を解放する。

すると、全身の強張りが解け、櫂は糸の切れたマリオネットみたいに濡れた畳の上に横たわった。

古びたデザインの笠《かさ》に覆われた大小の丸い蛍光灯が、蜷局《とぐろ》を巻いて鎌首《かまくび》を擡げる白い大蛇を照らし出す。

神々しさすら覚えるその姿に、櫂は思わず見蕩《みと》れてしまった。

『ヤット、会エタ……』

舌をチロチロと出しながら、白蛇が顔を近づけてくる。

起き上がって逃げようにも、櫂の身体は骨や神経が融けてなくなってしまったかのように、指先すら動かすことができなかった。

『ヤット……ヤット、ダ……。コノトキヲドレホド待チ侘《わ》ビタカ……』

頭の中で繰り返される掠《かす》れ声は、みっともなく上擦っている。

やがて白い大蛇は、赤い舌で櫂の頬を宥めるように舐《な》めた。

「……っ」

その瞬間、櫂の全身に甘い痺《しび》れが走り抜けた。まるで絶頂の快感を思わせる痺れに、櫂の身体は一瞬で熱をもち、本人の意思に反して股間《こかん》が硬く張り詰める。

「うそ……っ」

自分で慰めるときですら、反応が鈍い方だと思っていただけに、櫂は己の身に起こった変化に驚くばかりだった。

『モウ、離シハシナイ……』

白い蛇は再びその巨体を、戸惑う櫂の身体に絡めてきた。そして、脱力した身体をやんわりと、けれどけっして逃さないとばかりにしっかりと締めつけていく。

「あ……っ」

熱い抱擁を思わせる締めつけ具合に、櫂は息苦しさを覚えた。

その間も、赤くて長い舌先が、櫂の頬や顎下《あごした》、首筋などを執拗《しつよう》に舐め続ける。

繊細な愛撫《あいぶ》を施されたわけでもないのに、身体の内側が焼かれるように熱くなって、触れられてもいないのに性器の先端が濡れ始めた。

「あっ……。なんで……」

思わず零れた困惑の声まで、濡れたように情欲をまとっている。

『オ前ハ、俺ノモノ……』

切なげに震える声を聞いていると、どうしようもなく胸が締めつけられた。

『ソウシテ俺ハ、オ前ノモノニ——』

いまだ恋という恋を知らずにいた櫂にとって、脳に直接刷り込まれる言葉は、強烈な求愛の台詞《せりふ》に思えた。

『イザ、契リヲ交ワサン……』

繰り返される蛇の声に、身体が、肌が、心が、応《こた》えるように震える。

まるで媚薬《びやく》を飲まされたみたいに、櫂の身体はいっそう熱を帯び、蛇がほんのわずかにその巨軀《きょく》を動かしただけで、信じられないほどの快感を覚えた。

「ああっ……」

パジャマのズボンが、雨ではない別の液体でぐっしょりと濡れているのが分かる。

——嘘だ。

いまだかつて経験したことのない快感に、いつの間にか射精してしまったらしい。それなのに、勃起《ぼっき》は治まらず、櫂の身体はさらなる甘い刺激を欲していた。

まるで自分の身体ではないような淫《みだ》らな反応に、いよいよ混乱が激しくなる。

浅ましい身体が恥ずかしい。いっそ、今すぐに消えてしまいたいくらいだ。

絶えることなく押し寄せる快感の波に翻弄《ほんろう》されながら、櫂は零れ落ちそうになる喘ぎを噛み殺した。鼻の奥がツンと痺れて、目頭が熱くなる。涙が溢れてしまいそうで、ぎゅっと瞼を閉じる。

すると、櫂の心情を読み取ったのか、頭の中で掠れた声が不安げに震えた。

『泣クナ。オ前ヲ泣カセタクナイ』

あまりにも頼りない囁《ささや》きに、櫂は閉じたばかりの瞼をおずおずと開いた。

すぐ目の前に、白い蛇の赤い目があった。丸い大きなルビーを思わせる瞳《ひとみ》には涙が浮かんでいて、今にも流れ落ちそうになっている。

『タダ、オ前ヲ守リタイト願ッテキタダケ――』

切々と訴える言葉は、櫂の心を強く揺さぶった。

「どぅ……して」

この白い大蛇は、幼いころから夢に見続けたあの蛇に違いない。

混乱しつつも、揺るぎない確信を抱く。

『タトエ、オ前ガ俺ヲ忘レタトシテモ、コノ身ト命ニ誓ッタカラダ』

白い蛇は舌を引っ込めると、まっすぐに櫂を見つめたまま大きな身体をゆっくりとうねらせた。

「ああっ……」

白くすべらかな巨軀に巻きつかれたまま、櫂の身体がゆっくりと反転する。ふと気づくと、いつの間にかパジャマのズボンが下着ごとずり下げられていた。

引き締まった小振りの尻へ、異様な粘りをもった何かが、ぐいと押しつけられるのを感じて、櫂は思わず目を瞠《みは》った。

「ヒッ……」

尻の谷間を、濡れた肉の塊のようなモノが、ズルズルと何度も行き来する。

「……ま、待っ……」

──犯される……？

本能的に身の危険を察した櫂だが、白い鱗をもつ長軀に全身を縛められていて、身じろぐことすらできない。

『サァ、コレデモウ、オ前ト俺ハ、命尽キ果テルソノトキマデ……』

頭の中で響く声は、余裕なく上擦って聞き取りづらかった。

『嗚呼《ああ》、ヨウヤク……』

感嘆の溜息とも、嗚咽《おえつ》ともとれる声を耳にした直後、ぬめりをまとった焼けた鉄杭《てっくい》が櫂の後孔を穿《うが》った。

「――――ッ！」

衝撃のあまり、声も出ない。

畳に左の頬を押しつけた俯《うつぶ》せの体勢で、剝き出しの尻だけを高く掲げられ、背後から白い大蛇に犯される。

「ひっ……う、ぐぅ……っ」

挿入は、まるで容赦がなかった。苦痛と圧迫感に、醜い呻き声が漏れる。

大蛇はその生殖器と思われる肉塊を一気に櫂の尻へ捩《ね》じ込むと、身体を巻きつけたままその場でごろごろと回転し始めた。

『ツライダロウガ、我慢シテクレ……』

櫂を縛めたまま、白蛇は優しく切なげに囁きかける。櫂が涙を零せば、赤い舌で拭い取ってくれ、何度も繰り返し『スマナイ』と謝罪した。

そうして、どれほどの時間が経っただろうか。

大蛇は櫂の尻に生殖器を挿入したまま、長く器用な舌と尾の先で、無垢《むく》な身体を愛撫し続けた。パジャマの下の淡い乳首や臍《へそ》の窪《くぼ》み、勃起して先走りを垂れ流す性器と陰嚢《いんのう》、喘ぎに開かれた唇と舌、その口腔《こうこう》までを、執拗なくらい丁寧に刺激する。

最初こそ恐怖と混乱、そして苦痛に小さな悲鳴を漏らしていた櫂だが、今、自分でも驚くほどの甘い声が、その口から溢れていた。

「あっ……ああっ……」

腹の中で蛇の生殖器が蠢《うごめ》くたび、櫂は堪《こら》え切れず嬌声《きょうせい》を放つ。

いったいどんな形をしているのか分からないが、小さな棘《とげ》で腹を内側からざらざらと撫《な》でられるような感触に総毛立ち、そのたびに射精していた。

「ひっ……あ、また……出……ちゃ……っ」

はじめてのセックスが……蛇だなんて、あり得ない。

頭の隅っこで、ほんの欠片だけ残った理性が呟く。

しかし、櫂の身体は白い大蛇に与えられる鮮烈な快感に溺《おぼ》れ、もっと欲しいとばかりに腰を振っていた。

「んあっ……あ、はぁ……もぉ……変にな……るっ……」

赤い瞳に見つめられるだけで、射精したばかりの性器が勃起する。ひんやりと感じる白い巨軀に抱かれていると、言葉に尽くせないほどの幸福感に満たされた。腹の中は異形の生殖器で満たされて、極上の料理をたらふく食べたような充足感を覚える。

『……櫂ッ』

ひと際派手に身体を回転させたかと思うと、はじめて白い蛇が櫂の名を口にした。

途端に、心臓がぎゅうっと締めつけられるほど息苦しくなり、同時に、全身がカッと燃えるように熱くなった。今までのものとは比べものにならない、圧倒的な快感が櫂を襲う。

「んあっ……あ、はぁ……っ」

腹の中で蛇の生殖器がぶわりとその体積を増す。

虚《うつ》ろな目で様子を窺うと、赤い目から真珠のような大粒の涙を流すのが見えた。

『櫂……』

再び名前を呼ばれて、櫂は反射的にふわりと微笑んだ。

「うん」

『ズット、恋イ焦ガレテキタ……』

白蛇の顔が、苦しげに歪《ゆが》んだように見えたのは、気のせいだろうか。

『オ前ダケシカ、イラナイ』

まるで雨粒みたいに、赤い目から流れ落ちた涙が櫂の頬を濡らした。

『櫂』

いきなり大蛇に襲われ、身体を暴かれた。

なのに、どうしてだろう。

蛇憑きだと言われ、繰り返し白い蛇の夢を見た理由が、急に分かったような気がした。

もちろん、的確な答えが見つかったわけではない。

けれど、目の前の白い大蛇の声を聞き、息苦しいほどに求められて、何かストンと腑《ふ》に落ちた。

自分はこの日のために生き、この地にくる運命だったんじゃないだろうか。

『俺ヲ……オ前ノモノニシテ、縛リツケテクレ……』

喘ぐような懇願の言葉に応えたいと、本能が叫んでいるようだった。

『ソバニ、イサセテ……クレ、櫂ッ……』

たとえ人ではなくても、ここまで情熱的に求められたことが嬉しくて堪らない。

「うん。いいよ」

櫂は小さく頷くと、そっと下腹部に力を込めた。

『嗚呼……ッ、櫂……』

白い蛇が堪らないといった様相で鎌首を擡げ、ブルッとその長い身体を震わせる。

間をおかず、櫂は腹の中に熱い飛沫《ひまつ》が迸《ほとばし》るのを感じた。そして、一瞬の間をおいて、もう何度目か分からない絶頂に至った。

「ああ……っ」

目の眩《くら》むような快感に、意識が遠のきそうになる。それを引き止めたのは、外から聞こえる激しい雨音だった。

——おわ……った、のか？

白い蛇が現れてから、どれくらいの時間が経ったのだろう。櫂にとって青天の霹靂《へきれき》ともいえる行為は、それこそ夜通し続いたような気がしていた。

隙間の空いた雨戸の方へ目を向けようと思っても、全身にのしかかる甘ったるい倦怠感《けんたいかん》と、いまだ巻きついたままの蛇のせいでそれも叶《かな》わない。

雨と風の音、そして、櫂の浅く短い呼吸音だけが六畳間を満たす。

不意に、白蛇がそろりと長軀をうねらせたかと思うと、するすると櫂の身体から離れていった。

「……あっ」

最後に、尾に近い部分が離れようとした瞬間、櫂は内臓を尻から引っ張り出されるような感覚に襲われた。

「ンぅ、あ……っ」

全身が硬直して尻が浮く。そして、異物が抜け落ちると同時に、ボトボトと粘度のある液体が尻から流れ落ちた。

「……ぃ、やだ」

粗相をしてしまったような羞恥《しゅうち》に、顔が朱に染まる。咄嗟に顔を手で隠そうと思ったが、長い時間縛められていたせいか痺れてまともに動かせない。

するとそこへ、白い蛇がぬっと頭を近づけてきた。

『ヨウヤク、オ前ト契リヲ結ブコトガデキタ』

赤い瞳がキラキラと輝いて、櫂の頭の中に響く声が、どことなくはしゃいだように聞こえる。

白い蛇はその巨躯で、半身の体勢で横たわる櫂の周囲をズルズルと嬉しそうに這い回る。

『コレデ俺ハ、モウ二度トオ前カラ離レラレナクナッタ』

途切れることなく続いた絶頂の余韻と、異形のモノとの交合に疲弊し朦朧となった櫂には、白蛇の言葉の意味を理解する余力などまるで残っていなかった。ただ涙で潤んだ瞳で、目の前を這う白くすべらかな蛇腹が動く様を見つめるばかりだ。

『オ前ノ命ガ尽キ果テルマデ、トモニ生キ、オ前ヲ守ル――』

落ち着きを取り戻したのか、頭に響く声は甘い低音になっていた。

その声は、心身ともに疲れ果てた今の櫂に、とても心地よく感じられ、ズルズルと這い回る蛇腹を見つめながら聞いていると眠くなってくるようだった。

『櫂……』

名を呼ばれ、瞬きをした櫂の目に、突如、見たことのない物体が飛び込んできた。

「え……」

思わず目を見開いて、凝視する。

白い蛇腹がぱっくりと割れた隙間から、生々しいピンク色の物体が二本、飛び出していた。まるでオタマジャクシに生えた足のようなソレは、櫂の腕ほどの太さで長さは二十センチあまり、全体に小さな棘のような肉芽がびっしりと生えている。ヌラヌラと濡れて光っているのは、白濁した粘液をまとっているせいだ。

愕然《がくぜん》として息を呑む櫂の頭に、男の上機嫌な声が響いた。

『オ前ノ腹ノ中ハ、死ンデシマウカト思ウクライ心地ヨカッタ』

櫂の思考が、数秒、停止する。

そして、動き出したと同時に、信じ難い想像が脳裏に浮かんだ。

「……ヒッ」

まさか、こんなモノに……。

棘の生えたピンクの肉塊は、蛇の生殖器だった。

「嘘……っ」

青ざめる櫂の顔を、大蛇が覗き込む。

『愛シテル、櫂――』

赤い瞳は歓喜の涙をたたえていて、脳を震わせる声は切なげで、聞いていると胸を掻き毟《むし》りたくなる。

けれど、その言葉を聞いた直後、櫂の意識はプツリと途切れてしまった。

『会イタカッタ』

『モウ、離シハシナイ……』

いきなり襲われて、相手はある意味、バケモノで……。

『ズット、恋イ焦ガレテキタ……』

恋なんて、ずっと知らないまま生きてきた。

それなのに……。

繰り返し頭の中に響いた声が、泣いているみたいに悲しそうだったから——。

ああ。

『愛シテル、櫂——』

応えてやれたら、いいのに……な。

想像のはるか斜め上をいく衝撃の最中、櫂はこれまで味わったことのない想いに、胸をじんわり熱くした。

——すごく、驚いたけど……。

夢と現実の狭間《はざま》をたゆたいながら、櫂は小さく身じろいだ。

耳に馴染みのない鳥の鳴き声をぼんやり聞きつつ、冷えた爪先《つまさき》を摩《す》り合わせる。

——あんな夢……。

「……はじめて……だ」

自分のものとは思えないひどく嗄《か》れた声に驚いて、櫂はぱちりと目を開いた。

「え？」

そして、すぐに短い驚きの声をあげる。

すぐ隣に、白皙《はくせき》の美貌《びぼう》をもつ男が横たわって、じっと櫂を見つめていたのだ。

二十代半ばぐらいだろうか。西洋人を思わせる白い肌に、白銀の長髪、スッと通った鼻筋に桜色の薄い唇、切れ長の瞳はルビーのように赤い。

見知らぬ異国の青年が自分に添い寝しているという状況に、櫂は瞠目したまま固まってしまった。

「櫂、身体の具合はどうだ？」

茫然《ぼうぜん》とする櫂に向かって、男が眉《まゆ》を寄せて心配そうに訊ねる。

「再会できた喜びのあまり、お前の身体を労《いたわ》ってやることができなかった。このとおりだ。許してくれ」

櫂が黙っていると、男はいそいそと起き上がって居ずまいを正し、深々と頭を垂れた。

シルクのような銀髪がさらさらと目の前で揺れるのを見ているうちに、停止していた思考がようやく動き出す。

「え、や……あの……」

「許してくれるのか？」

男が顔を上げ、泣き出しそうな顔で櫂を間近に見つめた。

ド迫力の美形のアップに、櫂は顔がカッと熱くなるのを感じる。

「ゆ、許すもなにも……っ、あなた、だ、誰なんですか？　どうやって上がり込んだんですっ？」

男が口にした言葉が日本語だったことに驚きつつ、櫂は矢継ぎ早に質問を投げかけた。

すると男は一瞬、不思議そうに首を傾げたが、すぐに合点がいった様子で微笑んだ。

「ああ、そうか。人の姿で会うのははじめてだった」

そう言って悪戯っぽい笑みを浮かべたかと思うと、次の瞬間、櫂の視界から男が消えた。

「……えっ？」

何が起こったのか分からず、ハッとして身体を起こしたところで、頭の中に聞き覚えのある掠れた声が響いた。

『俺ダヨ。櫂』

その声は、ついさっき目の前にいた銀髪の男の声と同じだった。

『オ前ト夜通シ、契リヲ交ワシタ白蛇ダ』

ふと畳の上に目を向けると、二十センチほどの細長い白蛇が蜷局を巻いて櫂を見上げている。

「そ……んな」

にわかには信じられず、櫂はふるふると首を振った。いつもの夢を見ているんじゃないかと思ったからだ。

「夢などではない。俺ははるか昔、この山腹に祀られた水神で、ずっとお前を待っていたんだ」

ふと気づくと、小さな白蛇の姿は消えて、再び美しい銀髪の青年が櫂の目の前にしゃがんでいた。

「急にそんなことを言われても、ちょっと頭が追いつかない」

人の姿から蛇へ、そしてまた人の姿へと変化する様子をまざまざと見せつけられて、ますますパニック状態に陥る。

しかし、男は戸惑う櫂にはお構いなしに、嬉しそうに目に涙を浮かべて抱きつこうとしてきた。

「やっと……こうしてお前を抱き締めることができる」

色こそ白いが、逞しい腕に上半身を抱き寄せられて、櫂はハッと我に返った。

「うええ――っ？」

素っ頓狂《すっとんきょう》な叫び声をあげ、反射的に厚い胸を押し返す。

「ちょっ……は、裸……っ！」

目が覚めてからずっと混乱していて気づかなかったが、男は全裸だったのだ。

「な、何か……着るものをっ」

嫉妬《しっと》すら覚えるほどの逞しい体軀から目をそらし、櫂は慌てて立ち上がろうとした。だが、筋肉痛を思わせる気怠さと痛みが全身に走り抜け、すぐにぺたんと膝《ひざ》をついてしまう。

「いたぁ……」

太腿を摩《さす》りながら蹲《うずくま》ると、すぐに男が近づいてきた。そして、昨夜敷いたまま、結局使わなかった布団へ横になるよう促される。

「大丈夫か？　無理はするな。夜通しのまぐわいは人の身体には荷が重かったはずだ」

まぐわい——という言葉を聞いて、櫂は今さら白い大蛇に犯されたことを思い出した。瞬時に激しい羞恥に襲われ、全身が焼かれたように熱くなる。

「だが、悪くはなかっただろう？」

男が優しく櫂の肩を抱き、艶《なまめ》かしい微笑みで問いかける。その手は少しひんやりとして、もとが変温動物であることを思わせた。

当然、櫂に答えられるはずもなく、いたたまれなさに深く俯《うつむ》き、頭に浮かんだ言葉を叫ぶので精一杯だ。

「そんなことより、何か、着てください！」

「どうして？」

男が櫂の耳許で不思議そうに呟く。

「だって、その、目のやり場に困るというか……」

下を向いていても、視界の端に盛り上がった太腿や、形のいい膝が見えてドキドキしてしまう。

「俺は見られても困らない」

もとが蛇だからだろうか。服など着ないのが当然という態度に、櫂はいよいよ困惑した。

「あなたが困らなくても、僕が困るんです！」

「……そうか。お前を困らせるなら、仕方ない」

男は渋々といった様子で頷くと、櫂に背を向けて胡座《あぐら》をかき「で？　何を着ればいいんだ？」と訊いてきた。

「えっと……」

ほっと胸を撫で下ろしつつ、櫂はこそりと男の背格好を確かめる。透きとおるような白い肌に広い肩と長い手足、身長は一八〇センチを超えているだろうか。痩《や》せてはいないが、全身にうっすらと筋肉をまとったバランスのいい身体をしている。まっすぐ伸びた白銀の髪が背中から腰までを覆っていて、畳に届いた毛先が川の流れのように美しい。

——きれいだな。

うっとり見蕩れそうになって、櫂は頭を振った。

——いやいや、そうじゃなくて……。

どう考えても、体格が違い過ぎて櫂の服は着られそうにない。

どうしたものかと考えを巡らせていたとき、ふと押し入れが目に入った。

「たしか、じいちゃんの葛籠《つづら》が残ってたはず……」

櫂はのろのろと立ち上がると、まるで生まれたての子鹿のような覚束《おぼつか》ない足取りで押し入れに近づいた。

「イタタタ……ッ」

襖《ふすま》を開けて上段奥にあった葛籠を引っ張り出そうとするが、身体中がミシミシと悲鳴をあげる。

「どれ、この葛籠がいるのか？」

すると、背後からにゅっと腕が伸びてきて、男が有無を言わさずに葛籠を抱えた。

「どこに運べばいい」

軽々と葛籠を肩に担ぐ男に、櫂は目を丸くしたまま「そこでいいです」と短く答える。

男は言われたとおり布団の横へ葛籠を下ろすと、誇らしげに微笑んだ。

「どうだ、櫂。俺はお前の役に立つだろう」

まるで小さな子どもみたいな笑顔だ。

「ええ、ありがとうございます」

男の無邪気な表情を見た瞬間、櫂は胸にあった疑問や困惑といった感情がスッと消えていくのを感じた。まだ完全に信じたわけではないが、この男は本当にあの白い大蛇……水神なのではないだろうか。

——きっと、何か意味があるに違いない。

そう思うと、昨夜の行為がまるで違ったものに思えて、自分でも驚くぐらい冷静になれた。

「この着物を着ればいいのか？」

ゆっくりと葛籠のそばにしゃがみ込む櫂に、男——水神が紬《つむぎ》の長着を手に訊ねる。

「ええ。うちは僕以外、父も祖父も長身だから、多分、あなたでも着られると思って」

母親似の櫂は小柄だが、父と祖父は一八〇センチ近い長身で、骨太のしっかりした身体つきをしていた。

祖父の着物を羽織らせてみると、水神には少し小さかったがなんとか格好がついた。

「人というのは面倒だな」

帯を締めてやると息苦しそうに溜息を吐く。そして、きれいに合わせた衿《えり》をさっそく乱暴に寛《くつろ》げた。

「だが、お前のそばで生きると決めたのだから、慣れるよりほかにない」

「……それは、どういう意味ですか」

水神が漏らした言葉に違和感を覚え問い訊ねる。

「どうして僕に……あんなことを？」

「まあ、そう急《せ》かすな。ちゃんと話すから」

水神は裾《すそ》を割って胡座をかき、櫂にも座るように促す。

「それにしても、お前はすっかり、俺のことなど忘れてしまったのだな」

そして寂しそうに零すと、ゆっくりと話し始めた。

「俺がこの地に祀られたのは、二百年あまり前のことだ。だが、数十年が過ぎたころだったか……静かだったこの地が急に騒々しくなった」

水神の話から、裏庭で見つけた祠は江戸後期に建てられたものらしいと櫂は推測した。

「戦があって、それがやっと終わったと思ったら……人間どもは山の麓《ふもと》を削り始めた」

おそらく、幕末の箱館戦争から明治期の蝦夷地《えぞち》開拓のことを言っているのだろう。そのとき、小さく質素な祠は別の場所に移されることなく、削った山の土砂で埋められてしまったらしい。以降、人々の信仰を失った水神は徐々に霊力を失い、やがて白蛇の姿へと変化してしまった。

「祠の残骸《ざんがい》に残った霊力がなければ、俺はとうの昔に消滅していたに違いない」

想像もしていなかった水神の告白に、櫂は相槌《あいづち》を打つこともできず、遣《や》る瀬なさに唇を嚙み締める。

「人間どもはそれまでの恩恵を忘れ、俺を見捨てたのだ」

「そんな、ひどいことが……」

怒りのあまり、櫂は絶句して表情を強張らせる。

「お前が怒ることはないだろう」

その表情を見た水神が、苦笑をたたえて櫂の髪をくしゃりと撫でた。

影を宿した微笑を見つめていると、何故か、櫂の脳裏に裏庭のひび割れた祠が浮かび上がった。土と木の根に押し潰《つぶ》され、今にも崩れ落ちそうな石の祠――。

「依り代である祠が完全に朽ちていたら、俺は霊力を失って消滅していた。だが……」

髪を撫でていた大きな手が、そっと櫂の左頬へ包むように触れた。節のない指先と薄い掌《てのひら》は、ほんの少しひんやりとしている。けれど櫂は何故か、優しく触れるその手から、穏やかなぬくもりが伝わってくるような気がした。

人に髪を撫でられるのは何年ぶりだろうか。照れ臭さと同時に懐かしさを感じつつ上目遣いに見つめる。

「こうして無事に……祠が朽ち果てる前に、お前と再び会えた」

「再び……？」

櫂が小首を傾げると、水神は優しく目を細めて頷き、さらに話を続けた。

「祠を失って百数十年ほどが経った、ある夏の日……」

水神は赤い瞳でまっすぐに櫂を見つめ、懐かしそうに語る。

「人間の子どもにうっかり見つかって嬲《なぶ》られていたところを、この家の孫に助けられた」

「……え？」

「その子どもは自分より年上らしい地元の子どもたちを追いやると、微塵《みじん》も恐れることなく俺……白い蛇をそっと両手で抱き上げ、山へ逃がしてくれたのだ」

長い指先で頤《おとがい》をしっかりと捕まえられ、眇《すが》めた赤い目に見据えられる。

「それがお前だ。櫂……俺はずっとそのときの恩を返すためだけに、生き永らえてきた」

真剣な眼差しに、顔を背けることもできない。

「俺はあの瞬間まで、人間を恨んでいた。祠が消えてこの身が消滅するときは、怨念《おんねん》でこの地にしがみついてやろうと思うくらいに……」

しかし、幼いながらに勇気と優しさに満ちた櫂に出会った瞬間、水神は考えを改めたと教えてくれた。

「怨念を抱き続けても、いつか消滅することに変わりはない。それならば……消えかけた俺を助けてくれたあの子を、この身が朽ちるまで守ってやろうと思った」

熱のこもった赤い瞳で見つめつつ切々と訴えられて、櫂は申し訳なく思った。

「そんなことがあったなんて、僕は……」

櫂にはまるで思い当たる記憶がなかった。たしかに随分と小さいころ、一度だけ両親と函館に帰省したことがある。けれど幼かった櫂にはそのときの思い出はほとんどなくて、当時を知る術《すべ》は数枚の写真だけしかなかった。

「お前は悪くない。人の記憶など、玻璃《はり》の器よりも脆《もろ》いことは知っている。俺はただ、あの日からお前に会えなくなったことが、つらかった……」

櫂自身、ほとんど当時のことは覚えていなかったが、当時、函館に滞在したのは三日ほどだったと聞いている。

函館を去った櫂との再会を渇望した水神は、忘れられまいと夢を通じて会うようになったと教えてくれた。

「夢……」

自分が何故、幼いころから白い蛇の夢を見続けてきたのか、その理由をはじめて知って櫂はさすがに驚きを隠せない。

「夢の中で、俺は何度もお前に戻ってきてほしい、会いたいと訴えたのだが……」

日が経つにつれて幼い櫂の頭から、函館での記憶は徐々に薄れてしまい、やがて水神はなかなか夢に忍び込めなくなったらしい。

「だが、先の冬あたりから、何故かお前の心に隙間ができ、そのお陰で再び夢でお前に会えるようになったのだ」

「そういうことだったのか……」

白蛇の夢についての謎が解け、胸が少し軽くなる。けれど、櫂にはまだ拭い切れない疑問があった。

「でも、何故……あんなことを——」

昨夜の、まるで嵐《あらし》のような交合に至った理由はなんなのだろう。

不意に羞恥が甦《よみがえ》り、櫂は口を噤《つぐ》んで水神の視線から顔をそらす。

「簡単なことだ。蛇の姿ではお前を守ってやれないだろう？」

水神が少しおどけた口調で教えてくれる。

「俺たちは契りを交わした相手と同じ姿を得ることができる。お前のそばにいるには、人の姿になるのが手っ取り早かったのだ」

櫂はなるほど……と思ったが、やはりすぐに受け入れられる話ではない。

すると、水神が捕まえていた櫂の顎から手を放すと、ぽんぽんとパジャマの肩を叩いた。

「まだ、信じられないという顔をしているな」

そう言うが、男は機嫌を損ねたふうでもない。

「しかし、契ったからには、俺はもうお前のものだ。お前の命が尽きるまでずっとそばにいて、お前とこの家を守る」

「……え、一生ってことですか？」

水神の言葉は何もかもが想像以上で、櫂はいちいち戸惑ってしまう。

「まあ、守ると言っても、弱まった霊力がどの程度役立つかは分からない」

自信なさげな言葉とは裏腹に、水神の表情はどこか明るく楽しそうだ。

「だが俺は、この身を挺《てい》してお前に降りかかる災厄から守ると誓う」

そう言うと、水神は櫂の肩を抱き寄せ、息がかかるほど間近に顔を突き合わせてきた。

「あ……」

熱っぽく語られた誓いの言葉と、揺るぎない赤い瞳に、櫂の鼓動が大きく跳ねる。

「昨夜は、無理をさせて……本当にすまなかった」

心からの謝罪とともに、水神は櫂を優しく抱き締めた。

「え、あの……っ」

大きな身体にすっぽりと包み込まれた櫂は、どうすればいいのか分からずじっとしているほかない。けれどけっして嫌ではないのが不思議だった。

「まずはまともに動けるように治してやろう。お前、からくり人形みたいに妙な動きだったぞ」

全身筋肉痛にみまわれていることを、水神は分かっていたらしい。

「そんな身体では、まともに働けまい。今日から蔵で茶店を始めるのだろう？」

古い時代の神様だからだろうか。言葉の端々が時代劇の台詞みたいに芝居がかっている。

樟脳《しょうのう》の匂《にお》いがする着物の胸に包まれたまま、櫂は思わず小さく噴き出してしまった。

「ふふ……。茶店じゃなくて、カフェというんですよ」

そっと顔を上げて告げると、水神がムッとして唇を尖らせる。

見た目は自分より年下に見えるが、話からすれば二百年あまり存在するはずだ。けれど、櫂の目に水神のころころと変わる表情はどこか子どもっぽく映った。

だが、どんなにかわいらしくても、この土地の水神様なら不敬な態度で接するわけにはいかない。

「西洋のお茶……コーヒーという飲み物や、お菓子なんかを提供して、お客様にホッとしていただくお店です」

櫂が丁寧に、いにしえの水神にも伝わりやすく説明する。

「なるほど、かへ……か」

上手く発音できなかったのか、水神の発音に櫂はまた噴き出してしまった。

「笑うな。はじめて聞いた言葉なのだから、仕方がないだろう」

馬鹿にされたと思ったのか、水神が眉間に皺を寄せる。そして、左腕で櫂を抱き締めたまま、右手で顎をしっかと掴み、禍々《まがまが》しいほどに整った顔を近づけてきた。

あ、と思ったときには、薄い唇が櫂の唇を塞いでいた。

「……んっ！」

口づけは、ほんの一瞬。

「どうだ。もうどこも痛まないだろう？　立って身体を動かしてみろ」

「……え」

呆気《あっけ》にとられつつ、櫂は言われるままに立ち上がって腕を伸ばしたり、腰を回したりしてみる。すると不思議なことに、あんなにひどかった筋肉痛が嘘のように治っていた。

「すごい……治ってる。どこも痛くない」

驚きと感動を素直に口にする櫂に、水神が得意げに胸を張る。

「これからはこうして、俺がそばにいて守ってやる。何があっても、俺はお前の味方だ」

「そんな……大袈裟な。こう見えてもう三十になるんです。守ってもらうとか……」

「大袈裟なものか。櫂、お前にはこれから、俺がどれだけ愛しているのか思い知らせてやるからな」

必死の形相で訴えかける男を、櫂はどうしても憎めない。それどころか、目の前の美しい男のことを、正真正銘水神の化身——白蛇に違いないと信じ始めていた。

——井口さんじゃないけど、本当に水神様と座敷わらしのご利益があったりして……。

そう思うと、なんだか急に楽しい気持ちになってくる。

「ところで、まだお名前を伺っていませんでした」

「おい、櫂。その他人行儀な喋り方はやめろ。どうにもくすぐったい」

男が肩を竦めて眉を吊《つ》り上げる。黙っていればゾッとするほど美しく大人びているのに、ふとしたときに垣間《かいま》見《み》せる子どもっぽい表情がかわいらしい。

「分かりました。でもすぐには変えられそうにないので、おいおい変えていくということで許してくださいね。……それで、お名前は？」

「ない」

櫂は「ん？」と言って首を傾げた。

「神に名などない。お前がつけてくれ」

「僕が、ですか？」

神様に名前をつけるなんて畏《おそ》れ多いと気が引ける。しかし、期待に輝く赤い瞳を見せつけられると、頷くほかなかった。

「分かりました。じゃあ……」

櫂は眉間に皺を寄せ、何度も首を捻《ひね》って考えた。

雨乞いのために祀られた水神。

――そういえば、昨日は夜になって急に雨が降り出したな。

美しい髪と同じ、銀の矢のような雨とともに櫂の目の前に現れた、白い蛇……。

「えっと……『アメ』というのは、どうです？」

あまりにも単純過ぎて、失礼だろうか。そんな不安が胸を過った。

「アメ……」

水神が少し俯いて考え込む。

「駄目ですか？」

いくらなんでも短絡的だったろうか。

「あの、やっぱりもう少し時間をかけて考え……」

そう切り出した櫂の声を、水神が短く遮った。

「いや」

少し掠れた低音に、櫂はまさかという思いで目の前の美しい容貌《ようぼう》を見つめる。

「お前がつけてくれる名なら、どんな名でも嬉しい。もう一度、呼んでくれるか？」

甘えるように乞われて、櫂は面映《おもは》ゆい気持ちになった。

「……アメ、さん」

「さん、は不要だ」

すかさず言い直しを求められ、櫂は表情を窺いながらもう一度呼んでみた。

「アメ」

「うん」

満足げに頷いた瞬間、水神――アメがふわりと花のような笑みを浮かべる。

「契りを交わし、名を与えられた。これで本当に、俺はお前のものになれた」

赤い瞳が潤んでいた。

「願いが……叶った」

大きな手が、櫂の男にしては小さな手をとって強く握り締める。

「助けてくれた恩に報いるため、俺の一生をお前に捧げよう」

白い蛇を助けたことを、櫂はまるで覚えていない。もし真実だったとしても、些細なことのように思える。

——なのに、一生を捧げるほど恩に感じているなんて……。

会ったばかりで、まるで夢でも見ているような出来事のオンパレード。

それなのに、アメの櫂に対する想いは間違いなく真実だと伝わってくる。

水神のいじらしさが胸を打つ。

その想いを無下にしたら、アメはあの祠のように朽ちて消滅してしまうだろう。

「櫂、俺はお前を愛している」

「……っ」

その瞬間、櫂の目からどっと涙が溢れ出た。

こんなに一途《いちず》で熱い想いは、知らない。

冷たいけれど、優しくてあたたかい手と、いたいけな子どもみたいに震える声。

櫂はそっと手を握り返し、祖父の着物の胸に顔を埋めた。

イヤだなんて、言えるはずがない。

自分の胸に溢れた感情が何か、今はまだ分からない。

けれど――。

「うん。ずっとここにいてください」

櫂は水神の化身であるアメと、この小さな古い家で一緒に暮らすと決めたのだった。


プレオープンを終えた翌日の、五月最後の日曜日。いよいよカフェは開店初日を迎えた。

カフェの名前は『蔵カフェ・あかり』。

「あかり」とは、櫂の祖母の名前だ。祖父のこの家への想いをなんらかの形にして残したいと考えた櫂は、実家を離れる際、祖父に了承を得ていた。

「晴れてよかった」

母屋の居間から函館山とその向こうに広がる真っ青な空を見上げ、櫂は心地よい緊張感に身を震わせる。

「なあ、櫂」

白いシャツにカマーベスト、黒のスラックスを身に着けた櫂に、アメが不機嫌そうに呼びかけた。身に着けているのは昨日と同じ、櫂の祖父が着ていた紬の着物だ。

「今日も俺はずっとここに隠れていなくてはならないのか？」

座布団に胡座をかいて白い脛《すね》を晒《さら》すアメに、櫂は苦笑を浮かべて頷く。

「もうしばらくの間、我慢してもらえませんか？」

アメは四六時中、櫂のそばにいたがった。

だが櫂は、いきなり現れたアメのことを、井口をはじめとする出入りの業者、そして近所の人たちにどう説明すればいいのか考え倦《あぐ》ねていたのだ。

「水神様は、その……」

「アメ、だ。自分で名付けておきながら、ちゃんと呼んでくれぬとはどういうことだ」

ムッとするアメに、櫂はたじたじになる。

「ごめんなさい。なかなか慣れなくて……」

「ならば、呼べるように努力しろ」

美しい銀糸のような髪を乱暴に掻き上げ、アメは肩を竦めてみせた。一八〇センチをゆうに超える長身で、ヨーロッパのコレクションモデルにも劣らない容姿をしているくせに、その仕草や表情は子どもっぽい。

「えっと、昨日も説明したけど、アメのことをどう説明すればいいのか、正直まだ悩んでいるんです。それに、あなたの容姿はとても目立つから……」

この家には櫂が一人で暮らすと近所や出入りの業者に話していた。それなのに、いきなり外国人モデル並みのイケメン——それも出自不明の男がずっと櫂のそばに張りついていたら、誰もが不審に思うに違いない。

「そんなもの、どうとでも話せばいいだろう？　友人だとか、親戚《しんせき》だとか……」

「いや、さすがに親戚は……」

どうしたものかと困惑していると、アメが小さく舌打ちした。

「そんな顔をすることはないだろう。俺は櫂を困らせたいわけじゃないんだ」

拗《す》ねた表情はそのままで、アメがそっぽを向く。

「お前がどうしてもと言うなら、少しは我慢してやる。だが、何度も言ったとおり、俺はお前を守るためにこうして人の姿になったのだ。お前のそばにいたくて……」

畳の目を数えるように指先を滑らせながら、アメは独り言のように呟いた。

「はい。分かってます。店が落ち着いたら、営業中もそばにいてもらっても大丈夫だと思うんで、それまで少しだけ母屋で留守番をしていてください」

小さな子どもを宥めているような気分で、櫂は微笑みとともにアメに言った。

「とにかく、今日は大切な……記念すべき開店初日なんです。緊張して余裕がないので、水神さ……アメになかなか構ってあげられないかもしれないけど、どうか、ここでおとなしくしていてくださいね」

「赤ん坊じゃあるまいし、そう何度も言われなくても留守居くらいできる」

アメがキッと赤い目で櫂を見上げ、啖呵《たんか》を切る。

「じゃあ、そろそろお店を開ける時間だから」

櫂はソムリエエプロンを素早く身に着けると、アメに軽く会釈して厨房がわりの台所へと向かった。

朝から準備したフィナンシェをはじめとする焼き菓子や、地元のパン屋で見つけたクロワッサンを使ったサンドイッチなど、軽食の準備は万端だ。コーヒーマシンやほかの厨房機器も調子がいい。

櫂はトレーにお茶とフィナンシェをのせると、蔵へ向かった。今日は朝からよく晴れてあたたかいため、蔵戸は開け放してある。

蔵の中へ入ると、櫂はオープンを待つ内部を静かに見回した。祖父母から引き継いだ古い調度品は、やはり蔵に落ち着いた雰囲気を与えてくれている。出窓には、両親が送ってくれた胡蝶蘭《こちょうらん》の鉢を飾った。

いよいよ、新しい人生が始まる……。

そう思うと、櫂の身にブルッと武者震いが走った。

「大丈夫。昨日もちゃんとできたんだ」

自身を励ますように囁く。プレオープンでは接客や提供のミスは一つもなかった。今日も落ち着いて対応すれば、きっと上手くいく。

「まあ、その前に、お客さんがきてくれるかどうかが問題なんだけど」

自嘲《じちょう》の言葉を呟いて、櫂は階段箪笥を上った。そして、二階の小部屋へ入って、塗りの膳に湯呑みとフィナンシェの小皿を置く。周囲を見回しても、座敷わらしらしい姿は見えない。

「今日から下が少し騒がしくなるかもしれませんが、どうかこの店と家をいつまでも守ってください」

いるかどうか分からない座敷わらしに向かって深々と頭を下げると、櫂は静かに小部屋をあとにした。

昨日、人の姿になったアメの話を聞いてから、櫂は座敷わらしの正体はアメなのではないかと考えている。祠が壊れた時期と蔵が建てられた時期がほぼ重なることがその理由だ。きっと祠を失ったもののこの地を離れられず、蔵に棲みついたに違いない。蔵や家のあちこちで物音が聞こえたり、お供えが消えたのもアメの仕業だろうと思った。

蔵を出て台所へ戻った櫂は、窓の上にかかった時計を見上げた。オープンは十一時で、もう五分前だ。

「よし」

気合いを入れるように声を出し、ポケットに忍ばせた小さな手鏡で身繕いをチェックする。そして深呼吸をすると、黒板仕様の立て看板と暖簾を抱え、渡り廊下から外へ出た。

「おう、櫂くん。昨日はご馳走《ちそう》さん」

サンダルを引っかけて玄関から続く飛び石を歩き始めたところで、井口が門をくぐって近づいてきた。

「こんにちは、井口さん。こちらこそ昨日はありがとうございました。……それで、どうされたんですか？」

日曜日ということで、仕事が休みなのだろう。井口はいつもの作業着姿ではなく、ラフなシャツとカーゴパンツという出で立ちだ。

「いや、実は前から櫂くんとこの店の話をしてやってたせいか、娘がどうしても連れていけって聞かなくてな」

照れ臭そうにはにかんで、井口が門を振り返る。

促されるように目を向けると、門の外から若い女性が三人、愛想笑いとともに櫂に会釈するのが見えた。

「オープンしてすぐは迷惑じゃないかと思ったんだが、入れてやってくれるか？」

「ええ、もちろん。もう開店時間ですし、記念すべきお客様第一号が井口さんのお嬢さんだなんて、僕も嬉しいです」

開店初日、知人の家族とはいえ無事にお客さんが入ってくれるのは嬉しい限りだった。

実のところ櫂は、『蔵カフェ・あかり』の宣伝をほとんどしないまま、今日の日を迎えていた。東京のカフェでの騒動から、人知れず新しい店を始めたいという想いがあったし、何よりも、訪れた客にゆっくり穏やかな時間を、この蔵カフェで過ごしてほしいという願いがあったからだ。

しかし、井口からの誘いを断り切れず、地元のフリーペーパーに紹介記事が掲載されることになってしまった。そのペーパーが配布されるのは今日からなのだが、効果のほどは不明だ。

「ちょっとだけ待っていてもらえますか？　看板を出して暖簾をかけないと、格好がつかないので」

櫂は井口たちに断りを入れると、いそいそと小さなくぐり戸に暖簾をかけ、門を出た脇に立て看板を置いた。ちなみに、櫂は階段下の路地の入口にも、同じ立て看板を置いた。そうでもしなければ、細くうねった階段の上にカフェがあるなんて誰も気づかないと思ったからだ。

「お待たせしました。『蔵カフェ・あかり』へようこそ」

井口の娘――瑠菜《るな》といううらしい――たちを蔵の中へ案内すると、井口は送ってきただけだからとすぐに帰っていった。

櫂は急いで台所へ戻ると、水とおしぼりをトレーにのせて再び蔵へ戻った。

「メニューはこちらです。お食事は軽食のみになります」

メニューはそれほど多くはないが、味とラテアートのオリジナリティには自信がある。

「オススメは、自家製のフィナンシェとバタークッキーです。あとは祖母のレシピを再現した、あかり特製みたらし団子も意外とコーヒーに合いますよ」

大学生だという瑠菜とその友人たちは、それぞれカフェラテとフィナンシェを三種類注文してくれた。

「あの、お父さんから、座敷わらしがいるお家だって聞いてて、それで、友だちも興味があるって……」

それぞれ異なったリーフのラテアートを施したカフェラテを出すと、瑠菜がおずおずと口を開いた。

「このあたりでは昔から知られていたみたいですね。僕は見たことはありませんが、祖母や祖父が毎日欠かさず、この蔵の二階にある小部屋にお菓子を供えてきたらしいです」

フィナンシェをのせた古い小皿を円座卓に並べながら答える。

「それにしても、すごくいい雰囲気ですね」

「フィナンシェも美味《おい》しそうだし、お皿もアンティークみたいでカワイイ！」

「マスターもイケメンだし！」

「あの、ＳＮＳにお店の写真、あげてもいいですか？」

「店やお菓子はネットにあげてくださっても構いませんが、僕やほかのお客さんの顔が分かるようなものは遠慮してくださいね」

三人は櫂に断りを入れると、スマートフォンのカメラでラテアートやフィナンシェ、蔵の内装を撮影し始めた。

「じゃあ、ごゆっくりお過ごしください」

かつて、ネットでの中傷で職場に迷惑をかけた過去が脳裏を過った。けれど、今の時代、完全に撮影禁止になどできないことも分かっている。何よりも、客の口コミが一番の宣伝になるのは否定しようのない真実だ。

ろくに宣伝もしていなかったため、開店初日はのんびりした営業になるだろうと考えていた櫂だったが、その予想は大きく覆された。

「すみませーん。座敷わらしがいるって聞いてきたんですけどぉ」

昼過ぎあたりから、若い女性を中心に続々と客がやってきた。そのほとんどが、瑠菜たちがSNSに投稿した写真や記事を見たと教えてくれた。

櫂は改めて、インターネットの恐ろしさを痛感せずにいられない。

――でも今は、やっぱり有り難いかな。

カフェを始めるにあたって、櫂は両親から借入をしていた。最初、貯金をすべて切り崩す覚悟でいたが、両親から何かあったときのためにとっておくようきつく言われたからだ。今後は少しずつ返済していかなくてはならない。ネットが怖いなどと情けないことは言ってはいられなかった。

たった十席あまりとはいえ、まさか初日から満席になるとは思っていなかっただけに、耀は想定外の忙しさに追われることになった。

フィナンシェなどの焼き菓子は多めに作っておいたが、ラテアートを希望するオーダーが続くとどうしても客を待たせてしまう。また、目と鼻の先とはいえ蔵と台所が離れているため、客の呼ぶ声に気づけないこともあった。

「お待たせして申し訳ありませんでした。おばあちゃんのみたらし団子とバタークッキー、抹茶ラテとアイスコーヒー、それとオレンジジュースです」

小さな男の子を連れた家族に精一杯の笑顔で対応する。

――これでやっと、ひと息つける……。

耀がこっそり安堵《あんど》の溜息を吐いたとき、フィナンシェを子どもの口に運んでやりながら母親が問いかけてきた。

「あの、失礼ですがマスターってご結婚されてるんですか？」

いきなり妙なことを訊ねられて少し驚きつつ、耀はにこりと笑って首を左右に振った。

「いえ、独身ですが」

すると、母親は怪訝《けげん》そうな表情を浮かべた。

「じゃあ、ほかのお客さんの子だったのかしら」

「何か、気にかかることでもありましたか？」

言葉の意味を計り切れず耀が問い返すと、母親はどうしたものかといった様子で口籠《くちご》る。

そこへ父親が助け舟を出すように口を開いた。

「実はウチの子が、この蔵に入ったとき、そこの階段箪笥に男の子が座ってた……と」

耳を疑う言葉に、一瞬、櫂は絶句した。

「男の……子、ですか？」

まさかと思いつつ、ゆっくりと背後の階段箪笥を振り返る。当然、そこに男の子の姿などない。

目の前の家族連れ以外、今日来店した客の中に子どもはいなかった。もし、近所の子どもが黙って入り込んだのだとしても、狭い蔵の中で櫂やほかの客が気づかないはずがない。

そのとき、出窓のそばの円座卓に座っていた女性グループの客が櫂に呼びかけた。

「すみませーん。ちょっといいですか？」

「はい、すぐに伺います」

櫂は家族連れに会釈をすると、女性グループの席へ歩み寄った。

「なんでしょうか？」

櫂が膝をつくと、一番手前に座った女性が言いづらそうな顔で告げた。

「あの、さっきフィナンシェを頼んで、ちゃんと人数分あったんですけど……」

見れば、円座卓を囲んだ全員がどことなくそわそわとして落ち着きがない。

「気がついたら、プレーンの小皿が空になってて……」

「え？」

きょとんとする櫂に、向かい側に座った長髪の女性が慌てて言い加える。

「あの、食べちゃったとかじゃなくて、さっきまであったのに、消えたみたいになくなっていたんです」

階段箪笥に腰かけた幼い男の子。

さっきまであったはずなのに、消えたフィナンシェ。

——そんな、まさか……。

何をどう話せばいいのか分からず、櫂は黙り込んでしまう。

すると、女性グループの話を聞いていたのだろう。

「もしかして、本当に座敷わらしがいるんじゃない？」

蔵の入口を入って右側の壁に設えた、一枚板のカウンター席にいたカップルらしい客が、不意に声をあげた。

「え、うそ？　ただの言い伝えだって書いてあったじゃん」

声高に言って怖がる女性につられるようにして、ほかの客たちも一斉にざわめき始める。

「いや、あの……ちょっと落ち着いてください」

想定外のアクシデントに、櫂も戸惑いを隠せない。誤解だと説明したくても、客たちを納得させられる言い訳が思い浮かばなかった。

「え、やだ。ちょっと怖くない？　変な呪《のろ》いとかあったらイヤだし、もう帰ろう？」

円座卓の女性グループの一人が、恐怖に顔を引き攣《つ》らせて腰を浮かせる。

「あ、あの……待ってくださ……」

引き止めようと櫂が声をかけた、そのとき――。

着物を着た男の腕がスッと櫂の背後から伸びたかと思うと、空になっていた小皿の上で掌を翻した。

次の瞬間、プレーン味のフィナンシェが三つ、小皿の上に現れた。

「あっ」

「え、すごいっ」

女性たちが驚きの声をあげる。

「どうだ。少しは座敷わらしがいるような気分になれただろう？」

腕を引っ込めながら、掠れた声が櫂の肩越しに女性たちへ告げる。

「……アメ？」

信じられない想いで振り返ると、アメが悪戯っぽく目を細めた。

「怒るなよ」

小声で囁きかけるアメに、櫂は驚くばかりで言い返す言葉もない。

「ていうか、お兄さん。めっちゃカッコイイ！」

「え、お店の人ですか？」

「その髪、本物？　てか、目も不思議な色ですね！」

突如現れた銀髪赤目の和装の美丈夫に、蔵の中にいた客全員が色めきだつ。

「もしかしなくても、お菓子が消えたのってマジックかなんかだったんですか？」

「なんだぁ、本当に座敷わらしがいるのかと思って、怖がったの馬鹿みたい」

女性たちが口々に安堵の言葉とともにほっと溜息を吐く。

「でも、ウチの子が見た男の子って……」

しかし、家族連れの父親は疑問が拭えない様子で首を傾げていた。

「えっと……」

「それは、俺が答えよう」

答えに躓《つまず》く櫂のかわりに、アメが静かに家族連れの席へと近づいていく。そして、我関せずといった様子でみたらし団子を食べ続ける男の子のそばへしゃがむと、その頭を撫でてやった。

「美味《うま》いか、坊主」

「うん！　おいしーよ！」

元気な返事に頷くと、アメは父親と母親の顔を交互に見やった。

その場にいた全員が、アメの言動に注目しているのが櫂に痛いくらい伝わってくる。

「それについては、企業秘密だ。種明かしは勘弁してくれ」

誰もが予想していなかったであろう答えに、一瞬、蔵の中がしんと静まり返った。

「企業……秘密？」

父親がきょとんとしてアメを見つめる。

「ああ」

アメは真面目《まじめ》な顔で頷いた。

「つまり、さっきのマジックみたいなもの……ということ、ですか？」

父親がそう言った途端、客たちから「ああ、そうか」「なるほど」という声があがる。

しかし櫂だけは、ハラハラしつつアメと客とのやり取りを見守っていた。

「そういうことだ」

父親に大きく頷いて、アメは静かに立ち上がった。そしてゆっくりと客たちを見回す。

アメが動くと長い銀の髪がさらさらと揺れて、どこからともなく「きれい」という声が聞こえた。

アメは客たちの顔をひととおり見つめると、白く長い指を口の前に立てて右目を瞑《つぶ》った。

「なので、ナイショにしておいてくれると助かる」

直後、蔵中に甲高い歓声が響いた。

「キャーッ！　イケメンのウィンク、死にそう！」

「もう絶対に黙ってる。約束します！」

女性グループはアイドルにでも会ったみたいに大興奮だ。カップルの二人が呆気にとられてアメを見つめている。家族連れの夫婦も可笑《おか》しそうに顔を見合わせていた。そして男の子だけが、みたらし団子を夢中で食べ続けていた。

櫂は客たちに何度も会釈をすると、アメの背中を押しやった。これ以上ここにいられたら、それこそ記念に写真でも求められかねない。

「アメ、頼むから母屋に戻って！」

小声できつく告げると、アメは不満そうな顔をしつつも従ってくれたのだった。

その後、どの客も上機嫌で帰ってもらうことができ、櫂は心の底から安堵の息を吐いた。

「なんだか、うるさくしちゃってすみませんでした」

女性グループのうち一人が、会計の際にさも申し訳なさそうに櫂に頭を下げた。

「いえ、こちらこそ、ややこしいことになってしまって……」

あの場はアメが上手く誤魔化《ごまか》してくれたが、謎の男の子やフィナンシェが消えたことについては真相は謎のままだ。アメが新しいフィナンシェをマジックみたいに出したのも、着物の袖に隠し持っていただけに過ぎない。

「ところで、あの銀髪の人、お店のスタッフさんなんですか？」

ぼんやりしているところへアメのことを訊ねられ、櫂はハッとなった。

「え……っ？」

アメが客の前に姿を見せた時点で、いろいろと訊ねられることは分かっていたはずだ。

けれど、櫂はアメについてどう説明すればいいか、答えをまるで持ち合わせていなかった。

「日本人じゃないですよね？　着物姿もすごく似合ってて、思わず見蕩れちゃいました」

頬を染める女性の好奇心に満ちた瞳から目をそらし、櫂は必死に頭を働かせた。

「彼は、その……む、昔からの知り合いで――」

まったくのデタラメを答えられない要領の悪さを恨みつつ、考えを絞り出す。

――なんて言えば、納得してもらえるんだ？

背中を冷汗が滴り落ちる感覚に、ゾクッとなる。

その瞬間、櫂はパッと頭に浮かんだ言葉を口走っていた。

「きょ、共同経営者……なんですっ」

口火を切る、という言葉そのままに、櫂はそれまでの口の重さが嘘のようにスラスラとアメについて語った。

「僕が直接店の仕事を担当していて、彼には裏方……経理なんかを任せているんです。だから、ふだんはこっちには顔を出すことはないんですけど、今日は初日だったので……」

「そうだったんですね。じゃあ、次にきたときは会えないのかぁ」

女性があからさまに残念そうに俯く。

小さく溜息を吐いたかと思うと、女性は笑顔を櫂に向けた。

「フィナンシェもコーヒーも、すごく美味しかったです。それに、お店も居心地がよくて、実家に帰ったみたいな気分になりました」

穏やかな笑顔と最高の褒め言葉に、櫂の胸がじわりと熱くなる。

開店初日から想定外の事態にみまわれ、正直、どうなるか不安だった。

けれど、自分が目指したコンセプトがちゃんと客に伝わっていた――。

初日に一番欲しかった言葉が得られたことに、櫂は感動を抑えられない。

「ありがとうございます。そう言ってもらえると、本当に嬉しいです」

礼を言う声が震えた。

「また函館にきたときは、絶対にお邪魔しますから」

女性グループは櫂に手を振ると、きゃっきゃとはしゃぎながら『蔵カフェ・あかり』をあとにした。

その日、午後三時過ぎには軽食類が品切れとなったため、早めに店を閉めることにした。

「井口さんと娘さんには、改めてお礼をしなきゃいけないいな」

今日、来店した客の八割ほどが、フリーペーパーと井口の娘のＳＮＳを見たと言っていた。もともと、ぎりぎり採算がとれさえすればいいと、のんびり営業する方針でいた櫂だったが、ある程度の宣伝はやはり必要だと考えを改めさせられる。

アクシデントはあったものの、なんとか無事に初日を終えられてほっとしたのも束《つか》の間、櫂は片付けもそこそこに、階段箪笥を上って二階の小部屋へ向かった。

――アメが、座敷わらしの正体じゃなかったのか……？

階段箪笥に腰かけていたという、男の子。

消えた、フィナンシェ。

もうずっと、そのことが気になって仕方なかったのだ。

櫂は小部屋の前で足を止めると、ゆっくり深呼吸をした。もし、見覚えのない子どもがいたら……と思うと、緊張を禁じ得ない。

しかし、それよりも好奇心が勝った。

見えるものなら、会えるなら、ずっとこの蔵に棲んできたという座敷わらしに会ってみたい。ドキドキというより、わくわくして逸《はや》る気持ちを抑えつつ、そっと小部屋の中を覗き込む。

はたして、少し傾きかけた日の光に照らされた小部屋には、いつもと変わらず古い玩具があるばかりで、子どもの姿など見当たらなかった。

「なんだ……」

思わず、落胆の溜息が櫂の口から漏れ出る。

がっくりと項垂《うなだ》れたまま中へ進み入ると、お供えした膳の上からフィナンシェが消えていた。湯呑みのお茶は半分ほど減っている。

「……どういうことだ？」

わけが分からないまま空になった小皿と湯呑みを手にとると、急いで母屋へ戻った。

すべて、アメの仕業なんじゃないだろうか。水神である彼の霊力をもってすれば、いるはずのない子どもの姿を人に見せたり、フィナンシェを消したりするぐらい容易《たやす》いだろう。蔵から追いやったきり、アメがおとなしくしているのもなんとなく気にかかる。

蔵から飛び出すと、櫂は勝手口のドアを開け放つと同時に叫んだ。

「アメッ！　ちょっと聞きたいことが……」

言いかけて、櫂は唖然《あぜん》となった。

「……えっ」

見知らぬ子どもが一生懸命に背伸びして、流し横の調理台に手を伸ばしている。届きそうで届かない小さな手の先には、形が悪くて店に出せなかったフィナンシェを盛った小鉢が置いてあった。

子どもは櫂に気づいていないのか、振り向きもせずに必死になってフィナンシェをとろうとしていた。

目の前の光景が信じられなくて、櫂は絶句したまま瞬きを繰り返す。

――嘘、だろ……。

年は五つか六つといったところだろうか。おかっぱの黒髪に絣《かすり》の着物姿は、伝説どおりの座敷わらしだ。

「よいしょっ……。うう、もう少しなのに、届かない……」

座敷わらしと思《おぼ》しき子どもはピョンピョン飛び跳ねたり、流しに摑まってよじ登ろうとするが、ことごとく失敗に終わっていた。

「……ふふっ」

懸命にフィナンシェに手を伸ばす様子があまりにもかわいらしくて、櫂は思わず噴き出してしまった。

「え……？」

直後、櫂に気づいた子どもがギョッとして振り返った。色白の丸い顔にどんぐりのような黒い瞳、林檎《りんご》を思わせるふっくらした頰がなんとも愛らしい。小さな唇が驚きのためか、半開きになっている。

「そんなに僕の作ったフィナンシェを気に入ってくれたのかな」

櫂は身を屈《かが》めると、大きく見開かれた黒い瞳を見つめて穏やかに微笑みかけた。

「お、お前っ……、おれが見えるのかっ？」

丸い目をさらに真ん丸にして問いかけるのを聞いて、櫂は確信した。

「もしかして、ずっとこの家を守ってくれてる座敷わらしって、きみのこと？」

　これ以上驚かせないよう、櫂はなるべく落ち着いた声音で話しかける。

「なんで見えるんだ？　子どもにしかおれの姿は見えないはずなんだぞ！」

「えっと、それはちょっと、僕にも分からないんだけど……」

　困惑して首を傾げると、座敷わらしはキッと櫂を睨み上げた。

「……み、見られたからには、仕方ない。お前の言うとおり、おれはこの家が建ったときからここにいてやってるんだ」

　座敷わらしは見かけと不釣り合いな偉ぶった口調で答えた。聞けば、どうやら江戸末期ごろから、このあたりの家々を転々としてきたという。

「お前の父や、その父……泰治が小さいころに遊んでやったこともある」

「え、本当に？　父さんもじいちゃんも、座敷わらしには会ったことがないって言ってたんだけど……」

　櫂が訝しむ様子を見て、座敷わらしが「ふふん」と鼻を鳴らした。

「おれを見た記憶は、いつの間にか子どもの中から消えるんだ」

　澄まし顔でそう言うと、丸い目を悪戯っぽく眇めて続ける。

「お前、一度だけこの家にきたことがあっただろう？　おれと会うことはなかったが、あかりがお前をえらくかわいがっていたから覚えてる」

座敷わらしが祖母の名前を口にしたことに、權はほんの少し驚いた。

「ばあちゃんのことも知っているんだ？」

「あかりはこの家に嫁いできたときから、おれのことを大事にしてくれていたからな。毎日欠かさずに団子やら、ときどきちらし寿司を供えてくれた。おれはあかりが大好きだったんだ」

捲し立てるように一気にそう言うと、座敷わらしは突然、表情を曇らせた。

「でも、あかりが……死んで、泰治もいなくなった……」

項垂れてスンスンと洟《はな》を啜《すす》る姿は、ふつうの幼い子どもにしか見えない。

櫂は震える肩に手を伸ばそうとして、一瞬、躊躇《ためら》った。

「もう、この家に……あの蔵に、いられなくなる……って思った……」

けれど、しゃくり上げる座敷わらしの目から、大粒の涙が零れ落ちるのを見たとき、躊躇いは一瞬で消えた。

「そんな悲しいこと、言わないで」

小さな身体を抱き寄せ、背中をそっと摩ってやる。座敷わらしの身体はふつうの人間と変わりなく、優しいぬくもりが感じられた。

「……お前がきたとき……すぐに、あかりの孫だって分かった」

「うん」

自分の胸で泣きじゃくる座敷わらしに、櫂は静かに頷く。

「この家も蔵も随分と古くなった。だから、もう壊してしまうんだと思ったんだ。この辺の家の者はみんな……そうやっておれが棲めるような場所を壊してきたから……っ」

幕末明治期の洋館が多く残る函館だが、個人宅の保存に力を入れ始めたのは近年になってからだと聞いている。昭和半ばごろまで多く見られた擬洋風建築の民家は、年を重ねるうちに建て替えられたり壊されたりしたらしい。現在は貴重な観光資源として注目されているが、座敷わらしが安心して棲める家はそうはないだろう。

「壊すなんて、とんでもない。僕はじいちゃん……泰治さんからこの家と座敷わらしを守るためにきたんだから」

あやすように告げると、座敷わらしの震えがぴたっと止まった。

「……本当か？」

座敷わらしがおずおずと顔を上げる。丸い瞳に涙が溢れそうなほど浮かんでいた。

「うん。もちろん。毎日、お供えをしていただろう？」

笑いかけると、座敷わらしが小さな手で涙を拭った。

「あの美味い菓子は、おれのために……？」

まだどこか信じられないといった眼差しを向けられて、櫂は苦笑する。

「座敷わらしはとても大切な神様だから、丁重にお祀りするようにって、じいちゃんからきつく言われてきたんだよ。だから、きみに出ていかれると、僕が叱《しか》られてしまう」

「おれ、ココにいていいのか？」

座敷わらしが期待と不安の入り混じった表情で見つめる。

「おれ、この家が好きなんだ。あかりも言ってた。この家に嫁いできてから毎日幸せだって……。おれがこの家を守ってるお陰だって……」

祖母や祖父が、蔵に毎日お供えを続けてきた理由を、櫂は改めて胸に刻む。

「うん。この家の幸せは、間違いなくきみのお陰だよ」

櫂が頷くと、座敷わらしの目から再びぽろぽろと粒の涙が流れ落ちた。

「約束したんだ、あかりと。ずっと……何代先までも、この家を守ってやるって——」

永く生き続けた場所だけでなく、その存在意義さえも失いかねない不安に、押し潰されそうになっていたのだろう。座敷わらしは櫂の胸に縋《すが》りつき、顔をクシャクシャにして言った。

「追い出さないで……っ」

そんな座敷わらしの表情が、大雨の夜のアメの赤い瞳に似ているような気がした。

『ソバニ、イサセテ……クレ、櫂ッ……』

そして、居場所を求めて喘ぐアメや座敷わらしの姿は、自分自身とも重なった。

ゲイであることに負い目を感じて生きていたせいか、どこにいても違和感を覚えていた。

そんな櫂がはじめて、自分の手で居場所を作ろうと思えたのが、この家だ。

——こうして出会ったのは、偶然なんかではないのかもしれない。

幼いころからの因縁で結ばれた白い蛇との再会も、祖父母が大切にしてきた家の蔵に棲む座敷わらしとの出会いも……運命だったとしたら——。

「追い出したりしないから、泣かないで」

座敷わらしの涙を指の背で拭ってやりながら、優しく語りかける。そして、そっと抱擁を解くと、櫂は恭しく頭を下げた。

「お願いします。どうかこれからも、この家にいてください」

「……ほんと、に？」

座敷わらしが涙に濡れた瞳を大きく見開く。

「うん。これからもちゃんとお供えをして、きっちりお祀りします」

そう言ってもう一度頭を下げる。

「……そうか」

すると、座敷わらしは途端に涙を引っ込め、ツンとした表情を浮かべた。そうして、えへんとばかりに胸を反り返らせて腰に両手を添える。

「あかりの孫の頼みなら、仕方ない」

大人ぶった口調で言ったかと思うと、櫂を睨《ね》めつけた。

「毎日この菓子を食べさせてくれるなら、ずっといてやってもいいぞ！　あっ、ときどきはみたらし団子が食いたい！　あかりの団子はすごく美味かったんだ！」

さっきまで泣きじゃくっていたのが嘘みたいに、ガキ大将よろしく櫂に命令する。

「もちろんさ。ばあちゃんのみたらし、ちゃんとレシピをもらってるから、作ってあげられるよ」

「ほ、本当かっ？　絶対だぞ？　約束しろ！」

座敷わらしの豹変《ひょうへん》ぶりに驚きつつも、櫂は苦笑交じりに承諾した。

「約束しますよ、座敷わらし様」

――というか、最初からそのつもりだったんだけどな。

慇懃《いんぎん》な態度でゆっくりと頷くと、座敷わらしはよほど嬉しかったのかいきなり抱きついてきた。

「うわぁ……っ」

勢いよく胸に飛び込まれ、櫂は堪らず尻餅をついてしまう。

「イタタ……。急に抱きついたら、危ないだろう」

言いながらも、しっかりと小さな身体を抱き締めてやる。

そのとき、突然激しい怒号が台所に響き渡った。

「おい、クソガキ！　俺の櫂に何をしている！」

「……ヒッ」

反射的に振り返った座敷わらしが、小さく悲鳴をあげて顔を青くする。

そこには、銀の髪を振り乱し、赤い目を吊り上げたアメが鬼の形相で立っていた。

「違うんだ、アメ……」

鎌首を擡げた蛇みたいに獲物へ噛みつかんばかりのアメに、櫂は慌てて事情を説明する。

「この子、ずっと蔵に棲んでた座敷わらしなんだよ。ばあちゃんやじいちゃんがとても大切に祀ってきた、この家の守り神なんだ」

しかし、アメは聞く耳をもたない。

「座敷わらしだと？　このあやかし風情が！　誰の許しを得て俺の櫂に触れている！」

アメが叫ぶと、水屋の引き戸や窓ガラスがビリビリと震えた。

直後、アメはその姿を白い大蛇へと変化させ、息つく暇もない速さで櫂と座敷わらしに迫ってきた。

「う、うわぁ……っ！」

座敷わらしが悲鳴をあげる。

「アメ、よすんだ。この子は何も悪くない」

二人を囲うように蜷局を巻くアメを、櫂は必死に諭そうとした。

『契リヲ交ワシタ俺ヨリ、ソノアヤカシヲ選ブノカ！』

怒りで理性を失っているのか、アメは「シャーッ、シャーッ」という威嚇《いかく》音を吐き出しながら、忙《せわ》しく赤い舌を出し入れする。

「契った……？」

するると、座敷わらしが恐る恐る櫂を見上げた。その顔は血の気を失い、小さな身体は小刻みに震えている。

「お前、蛇憑きだったのか……？」

「……えっと」

肯定も否定もできずにいると、座敷わらしは櫂の腕からするりと抜け出した。そして、じりじりとアメを警戒しながら後ずさりつつ距離をおく。

「大人におれが見えるなんて、おかしいと思ったんだ。けど、蛇と契ったんなら分かる」

座敷わらしは表情を強張らせたまま、櫂とアメを交互に睨みつけた。

「それは……どういう意味？」

一人で納得した様子の座敷わらしではなく、櫂は自分を守るように蜷局を巻いたアメに問いかけた。

『俺ト契ッテ、ワズカダガ霊力ヲ得タノダロウ。ダカラ本来ハ人ニ見エナイハズノ、アヤカシガ見エルヨウニナッタ』

「……そう、だったんだ」

たしかに、引っ越してきた当初は、不思議な物音を聞くだけで、座敷わらしの姿を見かけることはなかった。

『コイツハキット、祠ヲ壊サレテ俺ノ力ガ弱マッタ隙ニ、蔵ヘ忍ビ入ッタニ違イナイ』

地の底から響くような低い声でアメが唸る。

「コノ地ハモトモト、俺ノ神域ダッタノダ。オ前ミタイナアヤカシ風情ニ用ハナイ。絞メ殺サレタクナカッタラ、サッサト出テイケッ！」

立ち上げた首を左右に大きく揺らして威嚇しながら、アメが座敷わらしに言い募る。

けれど、座敷わらしは目に涙をいっぱい浮かべつつも、逃げるどころかキッとアメを睨みつけた。

「う、うるさいっ！　おれだってコイツと約束したんだ。だからコイツが出ていけと言わない限り、絶対に出ていかない！」

まさか言い返されるとは思っていなかったのだろう。アメは一瞬、絶句した後、櫂の耳許へ囁いた。

『櫂。サッサト放リ出セ』

櫂の眼前で、先の割れた赤い舌が踊る。血の色に似た赤い瞳が、拒絶など絶対に許さないとばかりに見つめていた。

「アメ……」

櫂は優しく呼びかけると、白い鱗の身体をあやすように撫でた。

「さっき言いかけたんだけど、僕はこの家に棲みついた座敷わらしのお世話を、じいちゃんから頼まれている」

すると突然、櫂の身体を囲んでいた白い巨躯が消えた。そのかわりに、紬の着物を着た長身の男が、背中から縋るように櫂を抱き締める。

「お前、俺よりもアイツを選ぶのか」

櫂の肩に顎をのせ、人の姿に戻ったアメが甘えるような仕草で詰《なじ》る。

座敷わらしは二人のやり取りを緊張の面持ちで見守っていた。

「そういうことじゃないんだよ。それに、アメにだってあの子の気持ちは分かるはずだ」

櫂はアメを肩越しに振り返ると、冷徹な顔を見上げた。

「蔵から追い出されたら、あの子は居場所を失ってしまう。祠を失って消滅しかけていたアメになら、その恐ろしさや悲しさが分かるんじゃない？」

「……だが、お前やこの家を守るのは俺だと――」

アメはわずかに逡巡《しゅんじゅん》する様子を見せた。

そこへ突然、座敷わらしが声をあげた。

「お前たちの邪魔なんかしないから、だから……お願いだからココにいさせて……っ」

一度引っ込んだ涙が、黒い瞳からポタポタと零れ落ちる。

「この家みたいに、おれを祀ってくれる家なんか、もうどこにもない……。そうなったら、おれは消えるだけだ。そんなの……いやだよぉ……」

座敷わらしは溢れる涙を手の甲で拭いながら、切々と櫂とアメに訴えた。

「蔵から出るなって言うならずっと籠《こも》ってる。悪戯ももうしない。だから……」

「威勢のいい啖呵を切ったかと思ったら、今度は泣き落としか？」

さめざめと泣く座敷わらしに、アメが容赦のない言葉を投げかける。

さすがにカチンときて、櫂はアメの腕を袖の上から思いきり抓《つね》った。

「アメ！　こんな子どもに向かって、そんな言い方はないだろう？」

しかし、アメはまるで意に介さないばかりか、呆れ顔で溜息を吐いた。

「子ども……？　いいか、櫂。このあやかしは少なくとも俺と同じか、下手をしたらもっと長いときを生きているかもしれないようなヤツだぞ？」

「え……？」

まさかと思いつつ、櫂は振り返って座敷わらしに問いかけた。

「そうなの？」

「おれは数やときを数えるのは苦手だ。けど、この家にきたのは、あかりが嫁いでくるより前だった」

座敷わらしはゴシゴシと両目を擦《こす》って涙を拭《ふ》き取ると、おずおずと櫂とアメのもとへ近づいてきた。

「お願いだ。おれにあかりとの約束を守らせて」

拭い切れなかった涙が、黒い瞳を揺らす。

その真剣な眼差しは、櫂の胸を強く打った。

そしてそれは、アメも同様だったらしい。ぐいっと櫂をきつく抱き締め直すと、肩越しに覗き込むようにして座敷わらしに訊ねた。

「お前、櫂にちょっかい出さないと誓えるか？」

嫉妬や独占欲をまるで隠さないアメの言動に、櫂の胸が不意に高鳴る。すっぽりとアメの腕の中に収まっていると、本当に彼の所有物になったような気がした。

「ち、誓うっ！」

座敷わらしが即座に答える。

「おれは、あの甘くてやわらかい菓子と、あかりのみたらし団子、それと、あの蔵の小部屋があれば充分だ」

座敷わらしの顔が一瞬で明るくなった。

「じゃあ、これでアメも文句はない？」

ぎゅっと抱き締める腕に手を添えて、銀の髪を揺らすアメを見上げる。

「櫂がそう言うのなら、仕方がない。俺はお前に従うまでだ」

渋々といった様子で、アメはぶっきらぼうに答えた。

「じゃあ、二人とも仲よくするって僕と約束して」

にっこりと笑って、櫂は左右の手の小指を立てた。

「指切り、知ってるだろう？」

アメと座敷わらしに交互に笑いかけ、それぞれの手を引き寄せて小指を搦《から》める。

細くて節のない作りものめいた白い指と、ぷくぷくとしてやわらかくて短い指。ぬくもりも感触もまるで異なる二人と指を繋ぐと、櫂は左右の腕をブンブンと上下に揺すって大きな声で歌った。

「ゆーびきりげんまん、嘘吐いたら、針千本、呑ーます！」

アメと座敷わらしはずっと困った顔をしていたが、「指切った！」と言って櫂が手を放した瞬間、同時に照れ臭そうに微笑んだ。

指切りはしたけれど、アメと座敷わらしは櫂を挟んですぐにそっぽを向いてしまう。おまけにアメは櫂を抱き締めて放そうとしない。

「じゃあ、名前を教えてくれる？」

櫂はアメの腕を解いて軽く膝を折ると、座敷わらしの顔を覗き込んで訊ねた。

「……名前？」

すると、座敷わらしはきょとんとして不思議そうに首を傾げた。

「そんなものは、ない」

「え？」

今度は櫂が首を捻る。

「名を呼ぶ者なんかいなかったからな。座敷わらしというのも、いつの間にか人間が勝手に呼び始めただけだし」

櫂はもの悲しさを感じたが、それをぐっと呑み込んだ。そして、アメをふり仰いだ。

「でも、それだとこれから一緒に暮らしていくのに不便だしね」

赤い瞳を見つめたまま同意を求めるように呼びかける。

すると、ずっと黙っていたアメがやおら口を開いた。

「だったら、お前がつけてやればいい」

自分の意図をしっかりと汲《く》み取ってくれたアメに、櫂はにっこりと笑みを向ける。

「アメは、何かいい名前、思い浮かばない？」

「……櫂が言い出したことなんだから、お前が名付けてやればいいだろう」

やはり、少なからず面白くないのだろう。アメはぶっきらぼうに言ってふいっと横を向いてしまった。

苦笑しつつ座敷わらしを見やると、こちらも不安そうな表情をしている。

――これは二人が打ち解けるまで、時間がかかりそうだなぁ。

自分がしっかりと二人の仲をとりもってやらなければ……と思いつつ、櫂は座敷わらしに問いかける。

「僕がきみの名前を決めてしまってもいいかい？」

「……うん」

座敷わらしはすぐにコクンと頷いた。

「じゃあ、そうだな……」

櫂は座敷わらしを見つめ、考えを巡らせた。絣の着物を着ている以外、人の子どもと違う点など見当たらない。気になることといえば、アメとはまた違った色の白さだけだ。長い間、家や蔵の中で暮らしてきたせいだろうか。

——この子が青空の下で、元気に駆け回るところを見てみたいな。

ふとそんな想いが櫂の脳裏を過る。それと同時に、この家の下に続く坂道から望む、函館の街並が思い浮かんだ。

「日和《ひより》……っていうのは、どうかな？」

「ひより？」

座敷わらしの表情がパッと明るくなる。

「うん。ここの少し下に船魂《ふなだま》神社があるだろう？　そこから延びる坂の名前が日和坂っていうんだ。昔、港から船を出す日の天候を観察するのに丁度いい場所だったことが由縁らしい。日和という言葉は、よく晴れた空とか、何かをするのにいい天候の日……という縁起のいい言葉なんだよ」

　櫂は座敷わらしを抱き寄せようとしたが、アメに阻まれてしまった。仕方なく、手だけを差し伸べてふっくらとした小さな手をとって続ける。

「結構、いい名前だと思うんだけど」

　座敷わらしはしばらくじっと櫂を見つめていたが、やがてスッと目線を上げてアメを見やった。

「蛇の名前がアメで、おれは晴れ……か」

　やがて可笑しそうに呟くと、再び櫂と目を合わせる。

「ひより……って、あかりの名前と似ているな。おれは気に入った」

　照れ臭そうに笑ったかと思うと、座敷わらしは櫂の手を力強く握り返してきた。

「よかったぁ」

　櫂はほっと胸を撫で下ろし、小さな手を両手で包み込むようにすると、ぺこりと座敷わらしに頭を下げた。

「じゃあ、改めまして……。日和、今日からどうぞよろしくね」

「……うん」

　座敷わらし――日和は満面に笑み浮かべたかと思うと、手をパッと解いて櫂の下半身に抱きついた。

「お供え、忘れるなよ」

「おいっ、クソガキ！　勝手に櫂に抱きつくなって言ってるだろう！」

途端にアメが大声をあげるが、日和は知らん顔だ。

「アメ、それに日和も、お願いだから仲よくしてくれよ」

文字どおり、二人の板挟みとなった櫂は、苦笑いするほかない。

「じゃあ、また明日。店を開ける前にお供えを持っていくからね」

「うん、明日はみたらし団子がいいな」

母屋で夕飯を一緒にと誘ったが、日和は断固として拒絶した。アメと同じ空間にいるのがどうしても嫌だという。棲み慣れた蔵の小部屋から離れる気はないらしい。

アメもまた、母屋は櫂と自分だけの縄張りだという意識があるらしく、日和を母屋に入れるのを嫌がった。

櫂は仕方なく、アメには蔵の二階へ立ち入らないよう言い聞かせ、日和にもまた勝手に母屋をうろついたりしないよう言ったのだった。

――これは先が思いやられるぞ……。

そう思いつつ、櫂は予期せず始まった奇妙な共同生活を、心のどこかで楽しんでいる自分を認識していた。

記念すべきオープン初日から、とんでもない騒動にみまわれたが、櫂の心はここ最近ではなかったくらい晴れ晴れとしていた。まるでお伽話《とぎばなし》の世界の住人にでもなったような一日に、今までの人生がすっかり霞《かす》んでしまう。子どものころから好奇心旺盛《おうせい》で、挑戦したいことが山のようにあった。けれど、ゲイであると自覚した瞬間から、櫂は心を押さえつけて生きてきた。

——もう三十になるっていうのに、ワクワクしてる。

新しい人生の門出が、ここまで奇想天外なものになるなんて、櫂はもちろん、祖父や両親は微塵も予想していなかっただろう。

「アメ、夕飯なんだけど……」

店と台所の片付けや経理の仕事を終えた櫂は、母屋の居間で前のめりになりながらテレビを睨みつけるアメに呼びかけた。

「人間というのは、恐ろしいものだな」

じっと液晶画面を見つめつつも、アメの顔は子どもみたいに輝いている。見ているのは子ども向けのアニメ番組だ。ときおり、楽しげに肩が震え、それとともに天の川みたいな銀髪がサラサラと揺れた。

「今日はさすがに疲れたから、カレーにでもしようと思うんだけど」

「俺はいらない」

すげなく返ってきた答えに戸惑いつつ、アメに歩み寄る。

「でも、昨日から何も食べていないじゃないか」

「人の姿を得たといっても、本質までは変わらない。きっと、あのクソガキも同じだ」

テレビの画面を見つめたまま、アメは抑揚のない声で言った。

「……日和、だよ。これから一緒に暮らすんだから、クソガキなんて言うものじゃない」

すかさず口の悪さを咎《とが》めるが、アメは気にする様子はない。

「俺もアイツも、人間とは作りが違う。生きるためにあえて食事を摂《と》る必要はないはずだ。菓子は単に、口に合ったんだろう」

「へぇ、そういうものなの」

なるほど、と感心しつつ、アメの美しい横顔についい見入ってしまう。

この世のものとは思えないほど美しいこの男が、自分とまぐわって人の姿になったなんて、今もやっぱり信じられない。しかも、自分の意思で白い大蛇の姿に戻れるなんて、櫂はアメには驚かされてばかりだ。

「と言っても、さすがに何もしなければ、干涸《ひから》びてしまう」

テレビを眺めながらぼんやりしていると、いつの間にかアメの顔がすぐそばに近づいていた。吐く息が櫂の頬を掠める。

「えっ」

ハッと我に返ったところを素早く抱き締められ、流れるような仕草で唇を塞がれた。

「ぅ……んっ」

突然のキスに戸惑い、櫂は空気を求めて唇を開く。すると、すかさずアメの舌が滑り込んできた。

ふだんはそんなふうに見えないのに、櫂の口腔を貪《むさぼ》るアメの舌は異様に長く、先が二つに分かれている。そして舌そのものに意思があるかのように、縦横無尽に櫂の舌や唇を弄《もてあそ》んだ。

「はぁっ……ぁ」

ひとしきり口づけを堪能《たんのう》すると、アメはゆっくり唇を解放してくれた。櫂の意識はもうすっかり朦朧としていて、身体は不思議なくらい熱をもっている。

「俺の糧は……櫂、お前だ。お前を抱き、その精力を得ることが、今の俺にとっての食事ということになる」

「そ、んな……」

ぼんやりとした頭でも、信じ難いことを告げられたと分かった。

「だから、できることなら毎日……三度の飯というように、お前を抱きたい」

「え、ちょっと……さすがに、それは……」

ふと気づくと、いつの間にか畳の上に押し倒されている。

「あのクソガ……日和のヤツには余った菓子までくれてやったのに、俺には何も与えないつもりか？」

「ソレとコレとは……違う……っ」

どうしてだろうか。腕を突っ張り、アメの身体を押し返そうと思うのに、魔法でもかけられたみたいに身体の自由が利かなくなっていた。手足の力は失われ、そのかわりにやたらと肌が敏感になっているような気がする。

「俺はお前のことしか思っていないのに、櫂は俺だけじゃなく日和にも優しくする。そんなお前を愛《いと》しく思うが……正直、面白くはない」

アメは器用に櫂のカマーベストとワイシャツのボタンを外し、現れた薄い胸に掌で触れた。そして、ゆっくりと撫で始める。

「あ、あ……っ」

たったそれだけの愛撫に、櫂の身体は驚くほど大袈裟な反応を見せた。アメが触れた箇所から電流に似た痺れが走り、肌を粟立《あわだ》てる。痺れはやがて全身へと広がって、櫂に甘い快感を与えた。

「櫂、お前だけだ」

アメが切なげに眉を寄せて見つめる。

「お前だけが、俺をこの世に繋ぎ止めた」

「ぁ……アメッ」

捨てられた子猫みたいな頼りない表情を見せつけられると、胸が激しく軋んだ。出会ったばかりで、まだよく知らない人でしかない相手に、言葉にできない焦燥を覚える。

「お願いだ、櫂。俺がお前のものだというのと同じで、櫂も俺のものだと言ってくれ」

櫂を組み伏せながら、アメは玩具を強請《ねだ》る子どもみたいな顔で言い募った。赤い目が潤んでいるのは、昂《たかぶ》った感情のせいか、それとも劣情のためだろうか。

「……っ」

櫂は何も答えることができなかった。

アメの言い分は、誰が聞いても身勝手で、一方的な好意の押しつけだ。幼い櫂に助けられた恩を返したいと願うあまり、いきなり異種間でのセックスを強要した。その上で、「愛している」だの「俺のものだ」などと世迷い言めいた言葉を口にする。

きっと、櫂以外の誰が聞いても、アメのすべてを許し、受け入れようと思う者はいない。

「櫂……、俺にはお前だけだ」

けれど、ただひたすらに櫂を慕い、想いを注ごうとするアメの姿を目の当たりにして、拒絶することなどできなかった。

「俺のすべてをお前にやる。だから、毎日が無理なら、一日おき……三日おきでもいい。お前に触れることを許してくれ」

声を震わせ、アメは切実な表情で櫂の頬に鼻先を擦りつけた。

「……アメ」

期待されているであろう言葉を口にできないまま、櫂は水神の化身に手を伸ばさずにいられなかった。覆い被さる背中に右腕をまわし、左手を白い頬に添える。そうして、上目遣いに赤い瞳を見つめた。触れた瞬間はひんやりと感じた白い肌が、今はじわりと熱を帯びている。

「ごめん」

何に対して謝ったのか、櫂は自分でも分からなかい。

ただ、どういうわけだか、アメを拒む気なんて最初から微塵もないことだけは分かっていた。

「今日は助けてくれてありがとう。僕だけじゃ、きっとあんなに上手く誤魔化せなかった。アメがいてくれて本当によかった」

昼間の座敷わらし騒動の際、助け舟を出してくれたことへ感謝の言葉を告げると、そのまま胸の内を打ち明ける。

「でも、アメや日和のこと。気持ちが追いつかないっていうのが、正直なところなんだ」

「それは、当たり前だ」

アメがうんうんと頷く。

「ただ、僕は自分で思っていたより我儘《わがまま》だったみたいで、ふつうじゃないって分かっているのに、あなたのことも日和のことも手放したくない、そばにいてほしいって思ってる」

一瞬、アメがキュッと眉を寄せた。日和の名前を出されて面白くないのだろうか。

「それに、僕のせいでアメが消えるかもしれないって聞いたら、嫌だなんて言えないよ。だから……」

さらに続けようとした言葉は、アメの薄く形の整った唇に呑み込まれてしまった。

「んっ……ぁ」

そのまま激しく乱暴な口づけを与えられ、再び耀は身体の自由を奪われる。

アメは焦燥に駆られてか、先ほどまでの余裕がまったく感じられなくなっていた。乱暴に耀の衣服を剝ぎ取ると、ベルトを外してスラックスと下着を一気に脱がせていく。

そうして耀が薄い身体を赤い目の下に晒したところで、ようやく口づけを解いて身体を起こした。

「耀……っ」

白い頰が上気して、目許《めもと》が紅をはいたように色っぽい表情をしている。アメは胸を大きく喘がせながら、耀の腰に跨《また》がったまま着物を脱ぎ捨てた。

「あ……」

その瞬間、櫂の視線は自然と六つに割れた腹の下へ注がれた。

下着を着けるという概念がないためか、アメの股間は剝き出しだ。灰色に近い陰毛は薄く、そこから目を瞠るほど逞しい男性器がそそり勃《た》っている。幹は太く、櫂の腕ほどもあるだろうか。浮き上がった血管がドクドクと脈打ち、深く括《くび》れた雁首《かりくび》から亀頭へのラインは一級品の彫刻を見ているかのようにバランスがいい。アメの美しさはその容貌や性器だけではない。無駄な筋肉のない均整のとれた身体は、白く透きとおった象牙《ぞうげ》のような肌で覆われていて、ギリシャ彫刻にも劣らない完成度だ。

「気に入ったか？」

櫂の視線に気づいていたのだろう。アメが髪を搔き上げながら問いかける。

あけすけな目で股間を見ていたと気づいて、櫂はハッと我に返った。

「え、いや……っ」

激しい羞恥にいたたまれず、顔を背ける。アメに比べ、小柄で貧相な自分の身体がひどく恥ずかしかった。

「この身体をお前が気に入ってくれたなら、俺も嬉しい」

言いながら、アメはゆっくりと身体を重ねてきた。

「……ふ、ぅあ……っ」

素肌が触れた瞬間、櫂は自分の身体が燃えるように熱くなっていることに気づく。まだキスをされて胸を撫でられただけなのに、すでにうっすらと汗まで滲んでいた。

「櫂」

掠れた声で名前を呼ばれると、それだけで肌がざわめいた。そこへ、しなやかな指先で腰を撫でられたら、もうどうしようもない。

「はぁ……あぁっ……ん」

櫂は唇を噛み締める暇もなく、甘い声を漏らしてしまう。

「もっとお前の声が聞きたい」

アメは櫂の唇や鼻先、顎や顳顬《こめかみ》に何度もキスを繰り返しながら、左右の手で無防備な身体を暴いていく。口づけは首筋から鎖骨、そして少し肋骨《あばら》の浮いた胸へ移っていった。やがて、アメは左手で小さな乳首を摘《つま》むと、先の割れた舌先を右の乳首へ絡ませた。

「アアッ……」

自分でも驚くほどの甲高く甘い嬌声が唇から迸る。声を押し殺そうと思っても、手を口《くち》許《もと》に運ぶことすらできない。まるで巨大な蛇が全身に巻きついたみたいに、手足がまるで動かせなかった。

「櫂はここをいじられるのが好きなようだ」

アメが胸許に顔を俯せたまま、目だけを櫂に向ける。赤い目が情欲に濡れて、見ただけで腹の奥が疼《うず》くようだった。

「そ、んなこと……言うな……」

セックスの経験なんか皆無だったのに、少し触れられただけで浅ましく反応する自分の身体が信じられない。

「俺に触られて気持ちよくなっている櫂は、すごく色っぽいな」

アメが満足げに微笑む。その妖艶《ようえん》な笑顔を目にした瞬間、櫂は自分の股間があり得ないほど張り詰めるのが分かった。

「な……んで、こんな……っ」

どうしてこんなに気持ちがいいのだろう。アメに触れられると、脳がどろりと融けたような感覚に陥って、快感だけに意識が支配される。まるで自分の身体じゃないみたいだ。それこそ、アメと抱き合うための身体のような気さえしてくる。

「ソコばっか……り、しな……いで……っ」

互いの性器を擦りつけつつ、アメは執拗に乳首への愛撫を繰り返す。小さな肉芽はジンジンと痺れて、目で確かめなくてもぷっくり腫《は》れているのが分かった。

「櫂、あまり俺を煽《あお》るなよ。優しく抱いてやりたいのに、我慢……できなくなるっ」

アメが顔を上げて訴える。その言葉どおり、彼の呼吸はひどく乱れていた。声も上擦って途切れがちだ。

「もう、ココに……入らせてくれ……っ」

喘ぐように囁かれたかと思うと、腰の下に太い腕が潜り込み下半身を持ち上げられる。

「えっ……。ま、待って、アメ……っ」

驚きに声をあげるが、聞き入れられるはずもなく、アメはいきり勃った性器を櫂の尻の窄《すぼ》まりに押しあてた。丸みを帯びた先端は、信じられない量の先走りをまとっている。

「待たない。お前のここも、早く挿《い》れてくれと涎《よだれ》を垂らしてる」

アメはそう言うと、櫂が言葉を発する隙を与えず、一気に猛《たけ》り狂った性器を突き立てた。

「ひっ……ッ」

一瞬、櫂の視界が真っ白になった。

アメは櫂の身体を差し貫かんばかりの勢いで挿入を果たすと、間髪入れずに律動を開始する。

「ああ、櫂……っ。お前の中……すごく、熱い……っ」

アメは膝立ちの体勢で櫂を犯しながら、両腕で細い身体をしっかと抱き締めた。そして、リズミカルに腰を打ちつけ、己と櫂の快感を高めていく。

「あっ……んあっ、や……あ、変……こんな……っ」

乱暴といって過言でない交合だった。それなのに、櫂は苦痛を感じるどころか、それまでの前戯が子ども騙《だま》しに思えるくらい、凄絶《せいぜつ》な快感に呑み込まれていた。

アメの逞しい腕に抱かれていると、まるで一つに溶け合っていくような、不思議な幸福感を覚える。

——こんな快感は、知らない……。

「櫂っ……好きだ。お前のためなら……俺は、なんでもできる……っ」

アメは囈言《うわごと》のように櫂への想いを吐露しつつ、絶頂へと駆け出していく。小柄な身体を掻き抱く腕や、ときおり優しく触れる唇と舌、そして体内を穿つ凶器にも似た本能の塊が、櫂への想いを雄弁に語る。

「櫂……たくっ、愛してる」

アメに与えられる快感と、受け止めるには重く大き過ぎる想いに、櫂は戸惑いを覚える。けれど同時に、一心に求められる喜びを全身で味わっていた。

その後、アメは櫂が数度の絶頂を経て意識を失うまで、放してはくれなかった。

櫂が目覚めたのは翌朝の四時過ぎで、きちんとパジャマを着て寝室の布団に寝かされていたのだった。

——いったい、どうなってるんだろう。

失神するほどのセックスをしたというのに、翌朝、櫂は身体《からだ》に不調を覚えるどころか、

全身マッサージを受けたみたいな爽快感《そうかいかん》に包まれていた。

「おはよう、櫂」

裏庭の祠《ほこら》を見つけた場所に佇《たたず》んでいると、アメの呼ぶ声が聞こえた。振り向くと、アメが居間の濡《ぬ》れ縁《えん》から下りて、下駄を引っかけている。

「お、おはよう」

昨夜の情事を思い出し、櫂はつい素っ気ない態度をとってしまう。

「台所から甘い匂《にお》いがする。店の支度は終わったのか？」

けれどアメはまるで気にしないふうで、下駄の音を響かせて櫂に近づいてきた。

「どうしたんだ。こんなところで」

もとは自分を祀《まつ》った祠があった場所だというのに、アメはあまり興味がないらしい。

櫂は土砂や雑草に埋《う》もれた祠の残骸《ざんがい》のそばへしゃがむと、その一つに手を伸ばした。

「仕込みが終わってひと息ついたところで、実家へ電話したんだ。オープンの報告とかお花のお礼とかあったからね」

開店準備のほか、アメの出現や座敷わらしとの遭遇など、立て続けに想定外のアクシデントがあってすっかり後回しになっていたが、櫂は今朝《けさ》、水神の祠のことを祖父に確認するため電話をかけたのだ。

さすがに、その水神の化身である蛇と契りを交わし、一緒に暮らしていることまでは打ち明けていない。

「父さんもじいちゃんも、こんな祠がうちの敷地内にあったなんて知らなかったらしい。ただ、じいちゃんが昨年の秋に大雨が降ったあと、裏山の一部が崩れたって言ってたから、そのとき、埋まっていた祠が現れたんだろうね」

崩れた箇所はほんの少しで、祖父はそのうち業者に補修を依頼するつもりでいたらしいが、すっかり失念していたようだ。

「壊れてしまったといっても、やっぱりちゃんと祀った方がいいだろうってじいちゃんに言われてね。僕もそれがいいと思ったから」

櫂は素手で掘り起こせるだけの石を掘り出し、崩れて土砂が剝《む》き出しの斜面を整えると、石を祠の形に並べて置いた。そして、庭の隅から拾ってきた形のいい石を、供物台としてその前に安置する。そこへ供えたのは、今朝、焼いたばかりのフィナンシェだ。

「そんなことをしても意味はない。俺は櫂と契って人の身を得た。そこはもう言うなれば空家で、その石はただの石くれだ」

振り返らなくても、アメが呆《あき》れ顔をしているのが容易に想像できる。

「でも、僕と会うまでこの祠はアメの依《よ》り代《しろ》だったんだろう？　たとえただの石になったといっても、このまま放っておくなんてできない。土に埋もれて崩れ落ちながらも、アメが僕を待ち続けられたのはこの祠のお陰に違いないんだから」

櫂はアメに背を向けたまま一気にそう言うと、静かに手を合わせて祠を拝んだ。

すると、不意に空気が動いた。

「……櫂」

低くくぐもった声で名前を呼ばれると同時に、背後からやんわりと抱き締められる。

「ありがとう」

アメが櫂の頭に顎《あご》をのせて、ぽつりと呟《つぶや》いた。着物の裾《すそ》を割って櫂を膝《ひざ》で挟み込み、両腕で櫂の合掌した手ごと抱き抱える。

「うん」

櫂の頬《ほお》が勝手に綻《ほころ》んだ。

「忘れていたよ。お前が心根のまっすぐな優しい子だったことを……」

無意味だと言っていたけれど、アメも祠のことを気にかけていたに違いない。

「大好きだ、櫂。お前はどうしてこんなにも、俺を喜ばせるのが上手いんだろうな」

アメはそう言いながら、櫂の旋毛《つむじ》に顎をグリグリと押しつける。

――蛇じゃなくて、犬に懐かれてるみたいだな。

「そんなことを言って煽《おだ》てても何もでないよ。ほら、そろそろ開店準備を始めないと」

櫂は逞《たくま》しい腕をポンポンと叩《たた》いた。

「それに、日和のところへみたらし団子をお供えしなきゃいけないし」

蔵でお供えを待ち侘《わ》びているであろう座敷わらしの名を口にした途端、アメがすっくと立ち上がった。

「俺の知ったことか」

小さく吐き捨てると、さっさと母屋へ戻っていく。

櫂はすらりとした着流しの背中を見送りながら、「困ったなぁ」と呟いたのだった。

水神の化身である白い大蛇だったアメと、座敷わらしの日和。

ほんの数日前まで、こんな奇妙な暮らしが待っているなんて、櫂は欠片《かけら》も想像していなかった。

「お待たせしました。オレンジピールのフィナンシェとカフェオレです」

オープンしてしばらくは、予想外に慌ただしい日が続いたが、ひと月も経つと週末や祝日以外、客足もかなり落ち着いてきた。

明治時代に建てられた蔵に、使い込まれて味わいのある調度品が並んだ店内は、とても居心地がいいと評判で、観光客だけでなく地元の常連客も少しずつ増えている。何より、櫂の淹《い》れるコーヒーやカフェラテ、そしてフィナンシェが好評を得ていた。

「あの、座敷わらしがいるって、本当ですか？」

東京から観光できたという男女が、疑念に満ちた表情で櫂に訊《たず》ねる。

「さあ、どうなんでしょうね。でも、代々うちは座敷わらしを守り神として祀っていて、今も毎日、お菓子や玩具《おもちゃ》をお供えしているんですよ」

開店初日の失敗から、座敷わらしについて訊《き》かれたら誤魔化《ごまか》さずにありのままを話すことにした。その方が、かえって客も変に怪しんだりしないと分かったからだ。

「それに、大人には見えないらしくて、僕も見たことがないんです」

櫂の言葉に、男性が大きな溜息《ためいき》を吐《つ》く。

「ほら、やっぱり迷信じゃん」

「えー。でも、この蔵なら、いても不思議じゃない感じがするよね」

存在するか、しないかは関係ない。

期待と疑念を半分ずつ抱えながら、客は座敷わらしがいそうな雰囲気を求めているのだ。

「もし見かけたら、そっとしておいてくださいね。この蔵から出ていかれちゃうと、商売あがったりになっちゃうかもしれませんから」

櫂はおどけた口調でそう言うと、軽く会釈をして席を離れた。

空いた円座卓から皿やグラスを下げていると、瑠菜が慣れた足取りで蔵に入ってきた。

「こんにちは、櫂さん。お昼食べてなくてお腹ペコペコなの。クロワッサンサンドのセット、カフェラテのアイスでお願いできますか？」

彼女はもうすっかり常連で、週に三日は顔を出してくれる有り難い存在だ。

「いらっしゃい、瑠菜ちゃん。今日はもう大学終わったの？」

平日の昼下がりということもあって、客は先ほどのカップルだけだった。瑠菜は出窓のそばに置いた円座卓に向かう。

「うん。このあと、彼氏と遊びにいくんだけど、その前にレポートの残りをここで片付けちゃおうと思って」

瑠菜は家や大学の教室で勉強するより、『蔵カフェ・あかり』でする方が捗《はかど》るのだと言って笑った。

「そうなんだ。今、用意するからどうぞごゆっくり」

水とおしぼりを置いて瑠菜に背を向けたとき、櫂は視界の端に日和の姿を捉《とら》えた。

階段箪笥《かいだんだんす》の上から様子を窺《うかが》っていた日和は、やがてそろりそろりと下りてきた。そして、蔵の入口脇《わき》の茶箪笥に近づくと、飾りとして置いていた色とりどりのお手玉の一つを手にとる。

――また、悪戯《いたずら》するつもりだな。

櫂は何食わぬ顔で空いた食器類をトレーにのせつつ様子を見守る。日和の姿は当然、櫂以外の誰《だれ》にも見えていない。

日和は男性客が何げなく自分の方へ顔を向けた瞬間を狙《ねら》って、お手玉をぽとりと畳に落とした。

「えっ？　え、嘘《うそ》だろ……？」

風が吹くはずもなければ、そばに誰もいない茶箪笥の上から、お手玉が勝手に落ちる様を目の当たりにして、男性がギョッとする。

「どうしたの？」

異変に気づいた女性が訊ねると、男性はひどく驚きながらコソコソと耳打ちをした。

きっと、お手玉が落ちるのを見て、本当に座敷わらしがいるかもしれない……などと言っているのだろう。

日和はそんなカップルを階段箪笥の中ほどに腰かけて眺めていた。悪戯が成功して満足そうに笑っている。

トレーを手に蔵の入口へ向かう櫂に、日和は肩を竦《すく》めて舌を出してみせた。

櫂は「調子にのるなよ」と目配せをすると、瑠菜のサンドイッチとカフェラテを準備するため台所に戻った。

二度と悪戯はしないと約束した日和だったが、元来がそういう性格だったのだろう。結局、数日後には不意に物音を立てたり、スプーンを持ち去ったりというかわいらしい悪戯をするようになった。

あとのフォローで苦労することはあったが、櫂はあえて日和を叱《しか》ったりしないでいる。

本当に座敷わらしがいるかもしれない……と思わせることで、アトラクション的な楽しみを客に提供することになると気づいたからだ。

何より、日和が生き生きとして楽しそうなことが、一番の理由だった。

「あれ、アメ。蔵へいくの？」

クロワッサンサンドを作り始めたところで、台所にアメが姿を見せた。

「日和がカヘ……フエ、カ、カ……フェに出てきているだろう。櫂がいない間、好き勝手させないよう、俺が見張っていないと」

アメはいまだに「カフェ」の発音が苦手らしい。面倒臭そうな顔で言いつつ勝手口へ向かう。

「日和なら大丈夫だと思うけど……。でもまあ、何かあったら声かけてくれる？」

麻の単衣《ひとえ》をキリッと着こなした背中へ告げると、アメは右手を上げて応《こた》えながら蔵へ続く渡り廊下へ出ていった。

営業時間中は母屋にいるように……と言っていたのが嘘みたいに、アメは気が向くとふらりと蔵へ顔を見せる。少しでも櫂の手がまわらないような状況になったときはもちろん、客が一人もいないようなときでも、出窓の縁へ腰かけてぼんやり日なたぼっこすることもあった。そんなときは、日和も小部屋から姿を現し、アメのそばに座っておはじきをしていたりする。

相変わらず、口を開けばお互いに文句を言い合ってばかりのアメと日和だったが、なんだかんだといいコンビになってきたと櫂は感じていた。

完成したクロワッサンサンドとカフェオレを蔵へ運んでいくと、アメは思ったとおり出窓の縁に腰かけて瑠菜と何か話していた。瑠菜の脇には日和がちょこんと座り込んでいる。

そして、珍しそうにレポートを書く瑠菜の手許《てもと》を覗《のぞ》き込んでいた。

もちろん、瑠菜に日和の姿は見えない。まさか座敷わらしが自分の隣に座っているなんて思ってもいないだろう。

「お待たせしました。クロワッサンサンドとアイスカフェオレ、それとオレンジピールのフィナンシェ。今日のクロワッサンサンドは毛ガニのサラダです」

『蔵カフェ・あかり』で出す軽食の材料は、基本的に地元のものを使うようにしている。さすが北海道だけあって食材には困らない。定番のメニュー以外は、その時期限定のものも用意して、客を飽きさせないよう工夫している。クロワッサンサンドのセットには好きなフィナンシェを一つ、つけられるようにしていた。

「ありがとうございます。あー、今日も美味《おい》しそう！」

瑠菜がクロワッサンサンドに手を伸ばすのを見届けると、櫂はアメと日和に目配せをして背を向けた。

丁度そこへ、カップルが「お会計、お願いします」と声をかけてきた。

「ありがとうございます」

レジスターは蔵の入口脇に置いた茶簞笥に嵌《は》め込んでいる。祖母の嫁入り道具だったという小さな茶簞笥は、上部が開きの扉になっていて、そこに中古で買った古い型のレジスターがぴったりと収まっていた。

「すみません。あの銀髪の男の人って、モデルさんか何かですか？」

お金の受け渡しをしていると、女性の方がチラッとアメを見やって訊ねてきた。

「いえ、この店の共同経営者で僕の知人なんですよ。ときどき、顔を出すんです」

またか……と思いつつ、櫂はにこやかに答える。

「日本人じゃないですよね。あんなきれいな人、海外の映画とかでも見たことないです」

今度は男性が驚きを隠しもせずに言った。

「次にきたときは、あの人とも話がしたいな」

恋人の前だというのに、女性がうっとりとアメに見蕩《みと》れる。

「そのときは旅行代、お前が出せよ」

しかし男性もアメの美貌《びぼう》を認めているせいか、仕方がないといった様子だ。

「是非、またいらしてください。お待ちしています」

櫂はお釣りを手渡すと、そのまま二人を外まで見送りに出ることにした。

「どうぞ、足許《あしもと》にお気をつけください」

櫂は渡り廊下を先に下りると、二人の靴を沓脱《くつぬ》ぎ石に並べた。

「あのフィナンシェ、とても美味しかったです。今まで食べた中で一番です」

「ありがとうございます。そう言っていただけて僕も嬉《うれ》しいです」

二人は小さなくぐり戸の前で軽く会釈すると、腕を組んで出ていった。

「ありがとうございました。お気をつけて」

深々とお辞儀《じぎ》をしつつ、櫂は開店してしばらく経ったころのことを思い出していた。

『表の腕木門《うでぎもん》を出た瞬間、客は皆、俺のことを忘れる』

心中を掠《かす》めるのは、アメの淡々とした声と、穏やかなくせにどこか寂しげな微笑《ほほえ》み。

ゆっくり顔を上げたときには、客の姿は見えなくなっていた。

「もう、あの二人も……アメのこと、覚えていないんだな」

晴れ渡った空に向かって開かれたように見える腕木門を見つめてぽつりと呟く。

櫂の脳裏には、以前アメと交わしたやり取りが浮かんでいた。

◆　◆　◆

『蔵カフェ・あかり』が開店してしばらくすると、全国から女性客が押し寄せるようになり、腕木門から坂下へ向かう階段にまで行列ができるようになった。

レトロな蔵カフェを営むイケメン共同経営者として、櫂ばかりか、アメの怜悧《れいり》な美貌が口コミで広がったのが原因だった。櫂やアメの撮影を禁じたところで意味がなく、SNSに「顔出しNGのイケメンがいる」と書かれただけで、多くの人の好奇心を煽《あお》ったのだ。

毎日のように、客だけでなく雑誌やテレビのインタビュー依頼が押し寄せ、『蔵カフェ・あかり』は一気に函館では知らない者がいないほどの有名店となった。

しかしそれは、櫂にとってけっして喜ばしいことではなかった。興味本位で拡散された情報が、ときにはどんな暴力よりも人を傷つけると知っているからだ。つらい過去を思い出し、櫂は日々、ストレスに苛《さいな》まれるようになった。

営業時間前から閉店後まで、ひっきりなしに訪れるアメが目的の客のあしらいや、断ってもあとを絶たない執拗《しつよう》な取材依頼の対応に追われ、櫂はとうとう心身ともに疲弊して倒れてしまった。

結果、カフェは数日の間、休まざるを得なくなった。

「客が増えれば、櫂が喜ぶと思ったのだ」

寝室の布団に横たわった櫂に、アメが声を詰まらせながら想いを吐露する。

「お前のためにと思ってやったことが、こんなことになるとは……思っていなかった」

がっくりと肩を落としたアメの隣には、日和が不安げな顔で座っていた。櫂が倒れたと聞いて、蔵から駆けつけてくれたらしい。

入院には至らなかったものの、櫂が倒れたことがよほどショックだったのだろう。アメの落ち込み方は尋常でなく、日和に慰められるほどだった。

「ううん。アメが悪いんじゃない。少し考えれば、こうなることは分かっていたんだ。そこまで考えが至らなかった僕のせいだ」

アメは何も悪くない。櫂は心からそう思っていた。

「それに、アメが店にいてお客様の相手をしてくれるの、正直に言うとすごく助かってたんだ。でも……」

ひどく情けなさそうな顔をするアメと、今にも泣き出しそうな日和を交互に見つめる。

そうして櫂は少し躊躇《ためら》ってから、意を決して続く言葉を口にした。

「ああいった形で評判を得るっていうのは、僕の本意じゃない。負け惜しみに聞こえるかもしれないけれど、僕の淹れるコーヒーやお菓子、蔵の雰囲気を好きな人にきてもらいたいんだ」

自分の腕や感覚で、勝負したい――。

そんな想いが、少なからず櫂にはあった。

「アメのお陰でお客様がたくさんきてくれて、有り難かったのは本当なんだ。でも、僕が求めてるのはそういうことじゃなくて……」

過去の出来事をアメに話すつもりはなかった。話したところでどうしようもないと分かっていたからだ。

「そうか」

しばらくの沈黙の後、アメがおもむろに口を開いた。

「俺の身勝手が、櫂の気持ちを踏みにじっていたとは気づかなかった。悪かった、櫂。許してくれ」

深々と頭を下げるアメに、櫂は慌てて顔を上げるよう頼む。

「やめてくれよ、アメ。あなたが謝ることなんかない」

「いや。お前を守ると決めたのに、かえって苦しませてしまった。きっちり罰を受けなければ納得できない」

「そんな、罰だなんて……」

アメは頑《かたく》なに頭を下げ続ける。こうなったら、何か罰を与えるまでテコでも動かないだろう。頑固で執拗な性格を、櫂はもう充分過ぎるほどに知っている。

「……どんな罰でも受けてやる。何度も言っているが、お前のためにできることなら、なんでもしてやる」

アメは本気で罰してほしいと思っているらしい。

「アメにひどいことなんてできないよ」

櫂が困り果てていると、見かねた日和がアメの着物の袖をツンと引っ張った。

「おい。あんまり櫂を困らせるな。病気がひどくなったら今度こそお前のせいだぞ」

「そ、そんなこと、お前に言われなくとも分かっている。だが、櫂に迷惑をかけたまま、何もせずにいられないだけだ」

アメが咄嗟《とっさ》に言い返す。見た目は立派な大人なのに、櫂には日和よりもアメの方がよほど子どもっぽく映った。

「なあ、櫂。何かしてほしいことは……望みはないのか？」

アメはいよいよ泣き出しそうな顔で、横たわった櫂の顔を覗き込んでくる。

「望み……？」

鸚鵡《おうむ》返しに問い返すと、アメはコクンと頷《うなず》いた。

「以前ほどではないが、夜毎《よごと》お前から精力をもらい続けたお陰で、霊力が使えるはずだ」

「……え」

反射的に、顔がカッと熱くなる。もうひと月あまり、櫂はアメの言ったとおり、毎晩抱かれ続けていた。

「な、なに……言い出すんだよ。いきなり……っ」

羞恥《しゅうち》に苛まれる櫂にはお構いなしに、アメは必死に言い募る。

「望みの一つや二つ、あるだろう？　櫂、なんでもいいから言ってみろ」

「なんでも……って言われても」

アメの勢いに根負けした櫂は、しばらく考え込んだ後、ぼんやりとした願望を告げた。

「……そうだな」

横になったまま首を傾《かし》げると、アメと日和が揃《そろ》って上半身を乗り出し耳を傾ける。

「僕はここでのんびりとカフェをやっていきたかった。あんなに繁盛しなくていいから、アメと、日和と、それからお客様と、穏やかな空間を共有できたら……って」

こんなことを言ったところで、アメがどうにかできると櫂は思っていなかった。

しかし――。

「分かった」

それまでの情けない不安顔が嘘のように、アメが妖《あや》しく美しい微笑みをもって頷いてみせる。

「分かった……って、どうするんだよ？」

日和が櫂のかわりに、疑問を投げかけた。

「大したことをするわけじゃない。少し、人の記憶をいじるだけだ」

アメが悪戯っぽく目を細める。

「そんなことが……できるのか？」

半信半疑の眼差《まなざ》しで見上げると、アメは自信満々といった様子で胸を反り返らせた。

「夢を通じてお前に会いにいくのと大差ない。ようは、俺の容姿が人を惑わせるのだろう？　ならば俺を見た記憶を消してしまえばいいだけだ」

「お前、すごいなぁ」

日和が感心して、アメに羨望《せんぼう》の眼差しを向ける。アメは満更でない様子で説明を続けた。

「表の腕木門があるだろう。あそこにまじないを施す。店を出た客があの門をくぐると、俺に関する記憶が消えるんだ」

櫂と日和は感心するばかりだった。

アメの話では、客はアメの記憶を全部忘れるのではなく、もしまた『蔵カフェ・あかり』を訪れたとき、腕木門をくぐると同時にアメのことを思い出すという。

「写真……というものを撮られても、門をくぐればそれも消える。あの腕木門の外では、俺は存在しないというまじないだ」

「それって、もしアメが家から出て誰かと会ったとしても、覚えていないってこと？」

櫂の問いかけにアメは大きく頷いた。

「俺の容姿を変えられればいいのだろうが、生憎《あいにく》それはできない。かといって本性の蛇では櫂を助けることができないばかりか、客を驚かせるだけだろう？」

アメがくしゃりと表情を崩す。

「なんだか、アメの霊力って中途半端だなぁ」

日和がぼそっと零《こぼ》すのを、アメは聞き逃さなかった。

「おい、クソガキ。今、俺のことを馬鹿にしただろう？」

「ほんとのこと、言っただけだろ！」

櫂は慌てて、喧嘩《けんか》を始めそうな二人を止めた。

「やめてくれ、二人とも。一応、僕は病人なんだから」

制止の声に、アメと日和がしゅんとなる。

「アメも日和も、本当にありがとう。心配かけてごめん」

櫂はゆっくり起き上がるとそう言って頭を下げ、二人に笑顔を向けた。

「それから、アメには僕の我儘《わがまま》で余計な負担をかけることになって、申し訳ないと思ってる。でも、もし本当におまじないが効くなら、すごく助かる」

すると、アメがそっと櫂の手に白く大きな手を重ねた。

「俺は櫂さえいれば、ほかはどうなっても構わない。だが、お前は違うだろう？　この家や店や客、離れて暮らすお前の両親に祖父……俺以外に大切なものがたくさんある」

優しく目を細めるアメの言葉が、櫂の胸に突き刺さった。

「アメのことも、ちゃんと大切に思ってる」

とってつけたような言葉に、アメが頷く。

「ああ、分かっている」

美しい微笑みが悲しげに見えるのは、「アメだけだ」と言ってやれない疚《やま》しさがあるせいだろうか。

櫂はアメの手にもう一方の手を重ね、ぎゅっと握り締めた。

そこへアメがさらに手を重ねる。

「櫂、そんな寂しそうな顔をするな。俺はお前が笑って生きるためなら、どんなことでもする。お前の幸福が、俺の幸福なんだ」

揺るぎない赤い瞳《ひとみ》に見つめられると、胸が締めつけられるようだった。

アメの真剣さが伝わったのだろう。日和は二人の会話を邪魔しないよう黙っている。

「ただ――」

不意に、アメが櫂の手を引き寄せた。

「あっ」

短く声をあげると同時に肩を抱かれ、耳打ちされる。

「まじないを維持するにはより多くの精力が必要になる。身体が癒《い》えたら夜通し励むことになるから楽しみにしていろよ」

さらりと銀の髪が頬を撫《な》でたかと思うと、アメはすぐに櫂の身体を押し戻した。

「だから早く元気になれ」

しれっと言って、朗らかに笑う。

「ばっ……、な……何言って……っ」

顔から火を噴きそうだ。

今までも夜毎アメに身体を求められ、激しく執拗なセックスを重ねてきたのに……。

――アレ以上になるって……ことか……？

思わず、アメとの行為を思い浮かべそうになって、櫂はフルフルと頭を振った。

「とにかく、しばらくはゆっくりすることだ」

そう言い残して、アメは寝室を出ていこうとした。

「アメ、どこにいくんだ？」

呼び止めたのは日和だ。

「櫂のために粥《かゆ》を作ってやるんだ。台所のレンジとやらでチンすればいいんだろう？」

「え？　いいよ、アメ。別に起きられないわけじゃないんだから、自分で……」

アメはこれまで台所に立ったことがない。櫂は途端に不安になった。

「心配するな。その程度なら俺にもできる。お前のために何かしたいんだ」

そう言われると、無下にできない。櫂は「ありがとう」と言って、長い銀髪を揺らす後ろ姿を見送った。

「櫂、寝てた方がいいぞ」

日和がトコトコと枕許《まくらもと》にやってきて、肌掛け布団を引き上げてくれる。

「ありがとう。日和もごめんね。しばらくフィナンシェを焼いてあげられそうにない」

「い、いいんだ。櫂が元気になるなら、少しぐらい我慢できる」

言いながらも、日和はすごく残念そうだ。

「アメだけじゃなくて、おれにもできることがあったら言えよ？」

「うん」

頷いて、櫂はおかっぱの髪を撫でてやった。

――僕は、恵まれている。

アメも日和も、人ではない。けれど、両手に余るほどの愛情をくれる。

ゆっくりと横になりながら、櫂は目頭が熱くなるのを感じた。

とくにアメのひたむきな想いには、戸惑いを覚えるほどだった。

ささやかな行為の恩返しのために、どうしてアメはここまで手放しに愛情を注いでくれるだのろう。

横になって考えるうちに、櫂はゆっくりと眠りに落ちていった。

以来、アメが目当ての客は皆無となり、取材依頼に悩むこともなくなった。さらに、どういうわけか、それまで世に出回ったアメの写真や記事が、紙媒体だけでなくインターネット上からも消えてしまった。

きっと、アメが霊力を使って消したのだろう。

アメは何も言わなかったが、櫂はそう思っていた。そして、アメと同様に何も言わず、けれど心の中で毎日「ありがとう」と感謝するようになった。

お陰で、営業を再開してからは、平穏な日々が続いている。

ただ、夜だけは——宣言どおり、以前にも増して、激しく執拗なセックスをアメから与えられるようになったのだった。

◆　◆　◆

客を見送って蔵へ戻ると、アメと瑠菜がさっきまでと変わらず楽しげに話をしていた。

日和はといえば、いつの間にかアメの隣で居眠りをしている。

櫂はカップルが使っていた席を片付けながら、聞くとはなしに二人の会話に耳を傾けた。

「はぁ、ほんと美味しかったぁ。行き帰りの階段でカロリー消費するから、ここにくるとつい食べ過ぎちゃうんだよね」

「お前はもう少し肥えた方がいいと思うがな」

アメに言われて、瑠菜がムッとする。

「男の人ってそう言うけど、実際に太ったらあからさまに嫌そうな顔するじゃない」

すっかり常連となった瑠菜でさえ、一歩、門をくぐるとアメのことを忘れてしまうなんて不思議な話だ。

「ところで、瑠菜。お前、このあと出掛けると言っていたが、傘は持っているのか？」

カフェオレをストローで啜《すす》る瑠菜に、アメが訊ねる。

「アメさん、何言ってんの？　こんなに晴れてるのに、雨なんて降るわけないでしょ」

瑠菜は可笑《おか》しそうに言い返した。

「俺が降ると言ったら降る。……多分、あと二時間もすればひと雨くるぞ。それも結構な大雨だ」

自信満々のアメの言葉を、瑠菜は信じていない様子だ。アメと日和越しに出窓の向こうの空を見上げる。

「えー、ほんとに？　そんなふうには見えないけど」

「瑠菜ちゃん。アメの勘は結構当たるんだよ」

――何せ、水神様なんだから。

心の中で呟くと、櫂は瑠菜が食べ終えた食器も一緒にトレーにのせて立ち上がった。

「多分、このあと夕立が降る。よかったらうちの傘を持っていくといい」

アメの言葉を、瑠菜は忘れてしまう。櫂が改めて伝えることで、記憶に繫《つな》ぎ留める。

「櫂さんまでそう言うなら、信じてお言葉に甘えようかな」

瑠菜はまだ信じ切れていないようだが、櫂は無理にでも傘を押しつける気になっていた。

「じゃあ、時間までレポート頑張って。僕は母屋で片付けをしているから、何かあったら声かけてね」

「なんだ、櫂。ほかに客もいないんだから、ここでゆっくりしていけばいいだろう」

背中を向けた途端、アメに呼び止められる。

「そうしたいところだけど、そろそろ夏限定のメニューも完成させたいし、明日の仕込みの準備もあるから」

素っ気なく答えると、アメがムッとして櫂を睨《にら》んだ。

「お前、最近ちょっと俺に構わなさ過ぎるんじゃないか？」

瑠菜の前だというのに拗《す》ねた子どもみたいな顔をする。

そんなアメを見て、かわいい……と思ってしまうのだから、もう充分、絆《ほだ》されているんだろう。

――僕は、アメとどうなりたいんだろう。

疑いようのない愛情を向けられて、嫌な気はしない。けれど、自分の中にあるアメへの感情が何かと考えると、答えが出せないでいた。

「今のうちに終わらせておけば、店を閉めたあとに時間ができるだろう？　だからお客様のお相手、よろしくお願いします」

少しふざけた口調でそう言うと、アメはぐうの音も出ないといった顔をした。

「じゃあ、瑠菜ちゃん。レポート頑張って」

櫂は瑠菜に会釈すると、唇を尖《とが》らせたアメに小さく手を振って蔵をあとにしたのだった。

その日の夕方、アメが言ったとおり、函館の街は突然の大雨にみまわれた。瑠菜が『蔵カフェ・あかり』を出て、十五分ほど経ったころだ。まるで台風でも襲来したかのような激しい雨に、櫂は店を三十分早く閉めた。

「瑠菜ちゃん、きっとびっくりしただろうね」

少し早い夕飯を終え、後片付けをして居間に戻った櫂を、いきなりアメが抱き竦めた。

「……ア、アメ?」

驚いて身を硬くする櫂をきつく抱き締めたまま、アメがムッとした声を発する。

「構えよ、櫂」

アメは顎を櫂の旋毛にのせると、少し体重を預けてきた。それだけで櫂は膝から崩れ落ちそうになる。

「ちょっと、重いって。アメ……」

必死に両足を踏ん張ったが堪《こら》え切れず、アメに身体を支えられながら居間の畳に押し倒されてしまった。

「もう、かへは閉めた。お前の食事も終わった。だから、あとはもう俺を構う時間だ」

最近は「カフェ」と正しく発音できるようになっているのに、焦ったりするとアメはいまだに「かへ」と言ってしまうことがある。

現に今、アメは余裕のない表情で櫂を見下ろしていた。目許《めもと》がほんのり上気していて、すでに興奮の兆しが見える。

「櫂、俺はときどき、お前を丸呑《まるの》みにして喰《く》らってやりたくなる」

赤い瞳を切なげに眇《すが》め、アメは苦しげに訴える。長い銀の髪がさらさらと流れ落ちて、まるでレースのカーテンのようだ。

「……アメ？」

揺らめく銀糸によって視界を遮断されると、櫂にはこの世界にアメと自分しかいないような錯覚を覚えた。

「お前の夢の中で、俺は何度も怯《おび》えるお前を呑み込もうとした」

櫂の脳裏に、白い大蛇に呑み込まれる情景が甦《よみがえ》る。

「だが、できなかった……。夢だと分かっていても、俺にはお前を喰らうことなんてできない……」

ひやりとした身体をぴたりとくっつけてアメはそっと口づけをくれる。

「ふっ……」

薄い唇で櫂の唇を啄《ついば》みながら、アメは「愛しているのだ」と囁《ささや》いた。

「お前がほしい。こうして腕に抱いていても、身体を一つに繋いでも、この欲望は満たされない。ただ、苦しいままだ」

アメはキスを繰り返しながら慣れた手つきで櫂を裸にしていく。

「毎日、こうしてお前を抱いていても、愛《いと》しさで頭が変になる。もっと、もっとほしくなる」

恋情と劣情に潤んだ赤い瞳で見つめられると同時に、情熱的な言葉を浴びせられる。

こうなると、櫂にアメを拒むことなどできなかった。どんなに疲れていても、すべき仕事があっても、切なげな顔で求められると、つい腕を伸ばして抱き返してしまう。

「なあ、櫂。俺はこのまま、お前のそばにいてもいいのか？」

薄い肌に唇を滑らせ、櫂が感じる箇所を丁寧に愛撫《あいぶ》しながらアメが囁くように問う。

——どうして、そんなことを訊くんだろう？

淡い刺激にうっとりとなりつつ、櫂はぼんやり思った。

アメによって快楽を貪《むさぼ》ることを覚えた身体は、ほんの少し触れられただけで浅ましく反応する。

「お前は……本意ではなかっただろうに」

優しく甘い愛撫に身を委《ゆだ》ねながら、櫂は夢心地でアメの独白を聞いていた。

——そんな、泣きそうな声で……。

「それでも、俺はもう……お前を手放してはやれない」

そこから先は、快感の波に呑まれてほとんど覚えていない。

櫂はあられもなく身を捩《よじ》って喘《あえ》ぎ、何度も射精した。太くて長い、人のモノと同じ形をしたアメの性器に貫かれ、啜り泣くような嬌声《きょうせい》を放ちながら快楽を貪った。

そうして、気づいたときには、雨戸を閉め忘れた掃き出し窓の外がうっすらと明るくなり始めていた。

——また、あのまま寝ちゃったのか……。

居間の畳の上、裸で眠っていた櫂に肌掛け布団をかけてくれたのはアメだろう。

「目が覚めたか」

背後から静かに呼びかけられ、ゆっくり寝返りを打つ。

「アメ、おはよ……」

いつもどおりに声をかけようとしたが、声が嗄《か》れてしまっている。

「すまない。昨夜は度が過ぎた。お前に無理をさせるつもりはなかったのに……」

しょぼんとして項垂《うなだ》れるアメの手には、濡れた手拭《てぬぐ》いが握られている。櫂が眠っている間に身体をきれいに拭ってくれたのだ。

「今日もかへ……カフェの仕事があるというのに、声が出ないと困るだろう?」

「だい、じょうぶ。うがいをして、飴《あめ》でも舐《な》めれば……」

どんなに激しく抱き求められても、身体が疲弊したり傷つくことはなかった。かえって肌艶《はだつや》がよくなり、身体の内側から力が漲《みなぎ》ってくるような気がするくらいだ。

しかし……。

「声は……嗄れちゃうんだね」

なんとなく可笑しくて、櫂はクスッと笑った。

「何か、言ったか？」

アメが不安そうに顔を覗き込む。

「ううん、なんでもない」

「本当に、悪かった。お前が拒み切れないと分かっていて、つい、欲が出てしまった」

心の底から申し訳ないといったアメを見ていると、櫂もつらくなる。

頑固でぶっきらぼうなところもあるが、アメはひたすらに一途《いちず》で、本当の恋人のように思いやってくれる。

アメが人の姿となって生きるため必要だからと分かっていても、求められると嬉しい。

しかし、一身にアメの愛情を受けながら、同じだけの情や言葉を返さずにいる自分に櫂は自己嫌悪していた。

――これじゃあ、アメの好意を利用している、ただの性悪だ……。

自分の中にこんな浅ましい一面があったなんて、思ってもいなかった。

「僕も……いろいろと曖昧《あいまい》にしている自覚がある。アメは悪くない」

心のままを打ち明けると、何故《なぜ》か、アメはいっそう悲しそうに顔を歪《ゆが》めた。

「それはお前が優しいからだ。いきなり人ではないモノに犯され、強引に契りを結ばされて、それを迷惑に思わない人間などいるはずがない」

「アメ……」

思いがけないアメの言葉に、糶は啞然《あぜん》とする。

「俺は己の身勝手のために、お前から人として……生き物としての幸福を奪ったのだ。女《おな》子《ご》と結ばれ、子をなすという自然の摂理に……」

「大丈夫だよ、アメ」

糶は掠れた声で、切々と懺悔《ざんげ》するアメの言葉を遮った。そして、ゆっくりと起き上がり、まっすぐに美しい白蛇の化身を見据える。

「僕はもう、とうに……自然の摂理に反して生きてる」

今度はアメが絶句する。

「僕はね、女の人を愛せない。だから、子どもをもつことはないって諦《あきら》めてる」

どうということはないと、笑顔でアメに告白する。

自分が同性愛者であることを、糶は今まで誰にも打ち明けたことがない。数少ない仲間にはあえて話す必要もなかった。ＳＮＳでゲイパーティーの写真が拡散されたときも、否定も肯定もせず、家族にすら沈黙を貫いた。

けれど、何故か分からないが、今この瞬間、櫂はふとアメに打ち明けたくなったのだ。

それは、とても不思議な感情だった。

「何を……言っている？」

アメが赤い目を丸くして首を傾げる。

「今の日本で、ふつうという概念から外れた人間は、生きていくのは何かと大変なんだ。とくに僕みたいな同性愛者はね……」

五年前、十年前と比べれば、同性愛への理解は徐々にだが深まっていると思う。それでも、偏見や迫害はまだ根強い。

「だから僕は、いろいろなことを諦めて、一生……一人で生きていかなきゃならないって思っていたんだ」

かつての自分なら、絶対に他人にこんな話はできなかっただろう。

──きっと、アメだから……話せるんだ。

根拠はなかったが、アメならどんな自分でも受け入れてくれるという確信があった。

「いろいろあって、函館にきて……アメと出会った。そりゃ、最初は驚いたし、いまだにびっくりさせられることばかりだ」

アメは戸惑いの表情を浮かべつつ黙って聞いている。

「日和のことも、アメは最初すごく嫌がってたけど、今は仲よく一緒に店を手助けしてくれて、とても有り難いって思ってる」

「別に、アイツと仲よくなど……ない」

アメがぶっきらぼうに呟く。

「そうは見えないけどな」

櫂が揶揄《からか》うと、アメはふいっと横を向いてしまった。その拗ねた横顔を愛しく思う。

「でも、二人がいてくれて、僕は本当によかったと思っているんだ。なんていうか、一生、縁がないと思ってた家族ができた……みたいで……っ」

そこまで言って、櫂は急に喉《のど》の奥が熱く痺《しび》れるのを感じた。喋《しゃべ》ろうとすると、唇が戦慄《わなな》いて上手く言葉が出てこない。

「家族……って、お前の親兄弟は健在だろう？」

東京の両親と祖父、嫁いだ妹と甥《おい》っ子に当たるその息子の話を、櫂は何度かアメにしたことがあった。

「違う。そうじゃなくて、僕が作る、新しい家族――」

「新しい、家族……？」

アメが同じ言葉を繰り返すのに、櫂は潤んだ目を向けて頷いた。

「優しくて頼りがいのあるアメと、悪戯っ子の日和。そして、僕……。まるで本当の家族みたいに思ってるって言ったら……変かな？」

「変？　そんなことはない。俺はお前と家族になれたら嬉しい」

「アメにそう言ってもらえると、僕もすごく嬉しい」

答えながら、櫂はこのときはじめて、自分の胸にある感情の正体に気づいた。

「僕は……ずっと――」

自覚した感情は、まだどこか覚束《おぼつか》ない。それでも、櫂は心のままをアメに打ち明けようと思った。

あの大雨の夜から……いや、幼い櫂の夢に現れ始めたときから、一途に想いを注ぎ続けてくれたアメと同じように、正直でありたいと――。

「アメに対して、申し訳ないって気持ちがあったんだ」

「そんな……。どうして櫂が申し訳なく思う必要がある」

赤い瞳が、不本意だとばかりに大きく揺れる。

「だって、アメの気持ちに甘えてばかりで、自分からは何も返さないでいただろう？」

「俺はお前のそばにいられたら、それだけで充分だと言ったはずだ」

アメが眉間《みけん》に皺《しわ》を寄せるが、櫂は怯《ひる》まない。

「さっきも言ったけど、僕はいろいろと諦めて生きてきた。結婚や子どもだけじゃない。恋をすること、人を好きになることも……。でも――」

櫂は視線を落とすと、手拭いを握るアメの手を見つめた。この手がどれだけ優しく、そして淫《みだ》らに自分に触れるか、充分過ぎるほど知っている。そして、自分がこの手をどれだけ愛しく思っているかも……。

「アメが僕を欲張りにしたんだ。愛される幸せを、これでもかって……僕に叩きつけた」

手拭いを握った手に、櫂はそっと自分の手を重ねた。

「アメに愛されて、僕は変わった。諦めていた未来を、夢見るようになった。あなたと、そして日和と一緒に、このままずっとここで生きていけたらって……」

そのとき、ぽろりと櫂の左目から涙が零れ落ちた。

「あ」

声が出たときには、左の眦《まなじり》にアメの唇が触れていた。

「櫂」

低く掠れた声で優しく名前を呼ばれると、どうしようもなく胸が熱くなって、息ができなくなる。

裸の肩を抱きながら、アメは櫂の目から流れる涙の雫《しずく》を一つ一つ、唇で拭い取る。

「あなたのことが、好きだ」

これが愛だというのなら、そうなのだろう。

想像していたよりもずっと静かで、けれど熱く、胸に息づく感情。

これを愛と呼ぶ以外、櫂には思い浮かばない。

「でも、アメと同じだけの愛情を返せる自信がない」

人を好きになり、愛するということを諦めてきたことを、櫂は激しく後悔した。

「返してほしいなど、思っていない。俺はお前のそばにいて、守っていくだけだ」

涙を啄みつつ、アメはただ静かにその愛を囁く。

「それじゃ、僕が嫌なんだよ。アメ」

小さくしゃくり上げながら、櫂はアメの肩に腕をまわした。

「あなたのお陰で、僕は……ちゃん生きられるような気がする」

アメと、そして日和と暮らす穏やかな日常の中、いつしか過去の痛手を忘れていた。

夢の原因だったアメと契ったせいか、悪夢にうなされることもなくなった。

今はただ毎日が幸せで、それこそ夢を見ているような気分で日々を過ごしている。

「だから、ちゃんと……アメにも僕と同じ幸せを感じてほしいんだ。与えられるばかりでなく、僕からも……アメに愛と、幸福を与えたい」

震える唇で告げると、櫂は顔をずらして自らアメに口づけた。

「……た、く」

名前を呼ぶ声を封じ込めるように、深く、深く口づける。麻の着物の背中を掻《か》き抱き、銀の髪に指を絡め、それこそ身体が一つになればいいと願いつつ抱き締めた。

「……は、ぁ」

長い口づけを解いたのは、櫂だった。無心でアメの唇に酔い痴《し》れるあまり、呼吸するのを忘れてしまい、息苦しさに耐え切れなくなったのだ。

「ごめ……っ。なんか、すごく曖昧なことしか……言えなくて……」

抱擁はそのままに、櫂は顔を上げて想いを告げる。

「でも、アメのことが好きなのは、ほんとうの……ことだから」

「ああ、分かっている。もう、それだけ聞ければ、充分だ」

まだ止まらない涙を、アメが指先で拭ってくれた。赤い目が同じように潤んで、顳顬《こめかみ》が小さく痙攣《けいれん》している。これまでにない美しい笑みをたたえ、アメはそっと櫂の額に唇を押しつけた。

「言っただろう？　お前のそばでともに生きられるのなら、ほかに何もいらないと……」

アメは櫂の髪や肩、背中から腰を、まるで存在を確かめるかのように撫でていく。

「まさか、お前がそんなふうに思ってくれる日がくるなんて……」

今にも泣き出しそうなアメを見つめると、櫂の胸に新たな熱が広がった。

好きな人の喜ぶ顔が、自分をこんなにも幸せにしてくれるなんて、知らなかった。

「これでやっと、本当にアメのものになれた気がするよ」

今までアメが「櫂は俺のもの」だとか「俺は櫂のもの」と言うのを聞いても、どこか他人事《ひとごと》のように感じていた。

けれど、今は違う。

互いに互いを愛情という絆《きずな》で縛り合い、喜びも苦しみも分かち合う関係になれたという実感がじわりと湧《わ》いてきた。

「アメ、もう一度、契り直そう」

心から繋がるために……。

「……い、いいのか？」

アメが豆鉄砲を喰らった鳩《はと》みたいな表情を浮かべた。そして戸惑いつつ、明るくなっていく外へ目を向ける。そろそろ起き出して、開店準備を始めなければいけないことを気にしているのだ。

「大丈夫」

ひと言告げると、あっという間にアメに押し倒された。

「あとで怒っても謝らないからな」

櫂の鼻をペロリと舐めて睨みつける。その表情は獲物を狙う大蛇そのものだ。

「怒ったりしないよ」

赤く濡れた双眸《そうぼう》に見下ろされ、櫂の全身が粟立《あわだ》つ。

「昨日のうちに今日の分の仕込みを片付けておいて、正解だっただろう？」

「……櫂、お前には敵《かな》わないな」

苦笑を浮かべるアメに、櫂は悪戯っぽく微笑んでみせたのだった。

『蔵カフェ・あかり』が開店して二カ月あまりが経った。世間はいわゆる夏休みの時期に突入していて、函館の街にも多くの観光客が訪れている。

元町から坂を上った先、さらに八十八段の階段を上ってでも食べる価値のあるフィナンシェと美味《うま》いコーヒー……と口コミで評判が広まり、『蔵カフェ・あかり』は連日女性客を中心に賑《にぎ》わっていた。蔵カフェという独特の落ち着いた空間に郷愁をそそられるのか、中高年の客も増えている。

もちろん、座敷わらしが出るという噂《うわさ》も健在で、ときどきオカルトファンの学生グループがやってくることもあった。

こうなると、櫂一人で切り盛りするのが難しくなる。開店直後や午後二時過ぎになれば落ち着くのだが、昼時を跨《また》ぐ二時間あまりはどうしても手が足りない。

アメが客たちと話したり、日和がこっそり小さな悪戯をして間をもたせようとしてくれるが焼け石に水だ。

「やっぱり夏の間だけでも、アルバイトを募集した方がいいのかな」

夜毎、愛情に満ちたアメとのセックスのお陰か、前日の疲れを次の日まで引き摺《ず》ることはない。仕込みが増えることも櫂にとっては有り難いばかりだ。

ただ、客を待たせてしまうことと、接客が行き届かないことが櫂を悩ませていた。

「といっても、すぐにいい人が見つかるかどうか……」

台所でクロワッサンサンドに使う玉ねぎをスライスしつつ、何度も溜息を吐いていると、藍染《あいぞ》めの作務衣を着たアメが顔を覗かせた。

「だから、俺が茶や菓子を運んでやると言ってるんだ」

「気持ちは嬉しいんだけど、アメにウェイターの仕事は向いていないって、この前思い知ったばかりだろう」

先週の日曜日、見かねたアメがはじめてまともに接客を手伝ってくれたのだが、かえって店内を混乱に陥れただけだった。オーダーがまともにとれないばかりか、料理やグラスをのせたトレーを手にすると、足が一歩も踏み出せないという有り様だった。

「み、水とおしぼりぐらいは出せるぞ！」

アメが意地になって叫んだところへ、思いがけない助っ人が現れた。

「櫂、見てくれ！」

勝手口から駆け込んできたのは、座敷わらしの日和だ。

「日和……。どうしたんだ、その格好？」

櫂は思わず手を止めて、ポーズを決める日和を凝視する。

「似合ってるだろ？　櫂とお揃いだぞ」

どうやって用意したのか分からなかったが、日和はカマーベストにカフェエプロンを身に着けていた。髪もいつものおかっぱではなく、どこで知識を仕入れたのかオールバックに撫でつけて、かわいらしい額を出している。

「おれが手伝ってやる。アメよりうんと役に立つぞ」

愛らしい姿に一瞬見蕩れかけた櫂だったが、我に返るとすぐに首を左右に振った。

「そんなの無理に決まってるだろう。だいたい、お客さんには日和が見えないんだから」

稀《まれ》に日和が見える小さな子どもはいるが、それでは意味がない。

すると、日和は両手を腰にあてて悪戯っぽい笑みを浮かべた。

「見えるようにするのなんて、簡単だ。いつもはわざと姿を消しているんだ」

「え、そうだったの？」

きょとんとして目を瞬《しばた》かせると、日和が櫂の足許へ縋《すが》りつく。

「だから、櫂。おれに手伝わせてくれ」

健気《けなげ》に訴えかける真剣な眼差しを愛しく思いつつ、櫂は言い聞かせるように日和に告げた。

「それはできないよ、日和。気持ちはありがたいけど、そう簡単なことじゃないんだ」

「そうだそうだ。俺にできないことが、お前にできるわけがないだろう」

アメがすかさず櫂に同調する。

しかし、日和は頑として引き下がるつもりはないらしい。

「うるさい。アメは黙ってろ。なあ、櫂。おれ、水とおしぼり持っていくのと、注文聞きならできる自信がある」

「自信って言われても……」

困惑する櫂に、アメは隠し持っていた伝票ホルダーとペンを取り出してみせた。ホルダーにはふだん店で使っている伝票が挟まれている。

「おれ、毎日櫂の仕事ぶりを見てるうちに、店で出してるものの名前、全部覚えた」

「……え？」

「はぁ？」

思いもよらない日和の言葉に、櫂とアメは同時に驚きの声を漏らした。

「字だって書けるし、……ほら」

言いながら、日和はスラスラと伝票に注文を書き連ね、櫂に差し出してみせる。そこには、想像に反してとてもきれいな文字で「サンドセット、プレーン、ホットラテ」と書かれていた。

「本当だ……。すごい」

素直に感心する櫂の手許を覗き込んだまま、アメは絶句してしまった。

「でも、日和みたいな子どもを働かせるのは、ちょっと……」

家族として子どもに店の手伝いをさせても、度を超えなければ法に触れないことは知っていた。だが、いくら人手がほしいとはいえ、座敷わらしに手伝わせるのは如何《いかが》なものか。

「いいではないか、櫂。やりたいと言うのだから手伝わさせてやれ。一度失敗すればコイツも身のほどを知るだろう」

どうしたものかと考え込んでいると、アメが日和を見下ろして言い放った。

「使いものにならなければ、すぐに蔵の小部屋へ引っ込めればいい。万が一にも上手くいけば、櫂だって助かるのだろう？　……まあ、そんなことはあり得ないだろうがな」

アメが負け惜しみから日和を煽っていることは明らかだった。

「そんな、いい加減なこと言わないでくれよ」

当惑する櫂に、日和が言い募る。

「な、櫂？　とにかく、やってみないと分からないだろ！　お試しで今日一日、おれを使ってみろ。絶対に役に立つから！」

結局、日和に押し切られ、まずは一日だけ手伝ってもらうことになった。

「いらっしゃいませ。『蔵カフェ・あかり』にようこそ。お客様は何名様ですか？」

はたして——。

ギャルソンスタイルの愛らしい幼児に出迎えられ、客は皆一様に笑顔になった。

耀が教えるまでもなく、言葉遣いなどの接客態度も完璧《かんぺき》で、ただただ驚くばかりだ。

「マスターのお子さんですか？」

小さな身体でくるくると蔵の中を駆け回る日和を見て、若い夫婦連れの客が訊ねてくる。

「いえ、甥っ子なんです。見ているうちに興味を覚えたらしくて、試しにちょっと店に出してみたら、あのとおりの働きぶりで僕もびっくりしているところです」

日本人形のような白い肌に大きな丸い瞳、愛嬌《あいきょう》のある笑顔に、客の誰もが癒《いや》されているようだった。

自分から言い出しただけあって、日和はアメと比べものにならないくらいよく働いてくれた。接客のすべてを任せることはさすがにできないが、案内とオーダーを引き受けてくれるだけでも耀の負担は大きく減る。

「耀、次の注文とってきたぞ。あかりのみたらし団子二人前とアイスほうじ茶ラテ二つ！カウンターがプレーンフィナンシェ追加だって」

日和が勝手口から飛び込んできたかと思うと、元気な声でオーダーを言って流し台の上に伝票を置いた。

「これ、持っていくぞ。耀」

そして、出来上がったばかりのサンドイッチのセットをトレーにのせ、すぐに蔵へととって返す。

「ありがとう、日和。気をつけて運んでね」

小さな背中を見送ったとき、台所の入口からアメが顔を覗かせた。

「思いのほか、役に立っているようだな」

アメは日和の活躍が面白くないのか、蔵に顔を出そうとしない。

「うん。正直、僕も驚いてる。座敷わらしにウェイターの才能があるなんてほんと、びっくりだ」

クロワッサンにパン切り包丁で切れ込みを入れながら、櫂は口許《くちもと》を綻ばせた。

「調子にのって、失敗しなきゃいいがな」

「そう思うなら、いつもみたいに蔵に顔を出してそばにいてやればいいのに」

ちらっと横目で見つめると、アメは渋々といった顔で勝手口へと向かった。

「櫂がそう言うのなら、仕方がない。日和がヘマをしないよう、見張っていてやろう」

作務衣の後ろ姿を見送りながら、櫂は必死に笑いを嚙《か》み殺した。

——なんだかんだいって、仲がいいんだから。

アメと日和がいてくれて、本当によかった。

ちょっと風変わりだけれど、三人の関係がなんとなく家族の形に近づいているようで嬉しい。

「ずっと、こんなふうに過ごせたらいいのにな」

その日、日和の頑張りのお陰で、『蔵カフェ・あかり』は無事に営業を終えることができたのだった。

しかし……。

「日和、今日は本当にお疲れ様」

その夜、片付けを終えた櫂は、お供えの皿を下げに蔵の二階にある小部屋へ向かった。

「お供えだけじゃ物足りないかと思って、フィナンシェを持ってきたんだけど」

最後の客を見送ったあと、日和もさすがに疲れたのか、片付けの途中で小部屋に戻ったきり姿を見せなかった。

「……日和？」

いつもならフィナンシェと聞くと、笑顔で抱きついてくるのに、日和は櫂の呼びかけにも答えず、玩具の中に埋もれるようにして眠っていた。

――やっぱり、無理をしてたんだろうな。

いつの間にか、服装もいつもの絣《かすり》の着物に戻っている。

櫂は空になっていた小皿を下げると、持ってきたフィナンシェを膳《ぜん》に置いた。そして、背中を向けて眠る日和に近づき、そっと寝顔を覗き込む。

「お膳に置いておくね、日和」

そう声をかけた櫂は、ふと、その寝顔に違和感を覚えた。

「日和？」

いつも林檎《りんご》のように赤い頬をしている日和だが、今は顔全体が熱を帯びたように赤らんでいる。小さく開いた唇からは忙《せわ》しく吐息が漏れ、胸を苦しげに喘がせていた。

「え……？　日和、もしかして熱があるんじゃ……？」

そっと額に手を当てるが、やはり人とは身体の仕組みが異なるのか、日和の身体は氷のように冷たかった。

「ひ、日和……っ」

激しい混乱に、思考が停止する。

――どうしよう。どうすれば……っ。

耀は咄嗟に日和の身体を抱き上げると、そのまま思いの限り叫んだ。

「アメッ……きてくれ！　日和が大変なんだ……っ。アメ、助けて――！」

その瞬間、耀の耳を劈《つんざ》くような耳鳴りがしたかと思うと、目の前に白銀の髪をなびかせてアメが現れた。

「どうしたのだ、耀」

「アメッ。日和の様子がおかしいんだ。身体が氷みたいに冷たくて……っ」

狼狽《うろた》えるあまり、状況を満足に伝えられない。

しかしアメは耀の腕に抱かれた日和を見た瞬間、美しい顔を険しく歪めた。

「見ろ、櫂。日和の手が消えかけている」

「え……っ」

だらりと垂れた日和の右腕に目を向けると、着物の袖から覗く紅葉《もみじ》みたいな手が、指の先からうっすらと消え始めていた。

「な、なんで……こんなことに」

愕然《がくぜん》とする櫂の肩をアメがそっと抱き寄せる。

「おそらく、ふだん子どもにしか見えない存在である座敷わらしが、自ら大勢の人前に姿を現した影響だろう」

アメは「あくまで、俺の推測に過ぎないが……」と断りを入れて話を続けた。

「日和は自分で姿を消しているような口ぶりだったが、おそらく座敷わらしは姿を消しているのではなく、子どもや霊力の強い大人にしか見えない……そういう存在なのだろう。それを、誰にでも見えるようにしたのだから、相応の力を要したに違いない」

つまり、櫂の手伝いをするためにその身を可視化したことで、日和のあやかしとしての力——妖力《ようりょく》が弱まった結果、こんな状態になったというのだ。

「そんな……。僕を助けようとしてくれたばっかりに……」

息も絶え絶えといった日和を見つめ、櫂は「ごめんね」と謝る。やはりなんとしても、断ればよかったと後悔したところでどうしようもない。申し訳ない気持ちで胸が押し潰《つぶ》されそうだ。

「アメ、いったいどうすれば日和は元気になるんだろう」

まさか病院に担ぎ込むわけにもいかない。燿は不安の眼差しをアメに向けた。

「俺はただの土地神だからな。日和のようなあやかしの病を治す術《すべ》は分からないが……」

「そんな……」

燿は思いがけず発せられたアメの頼りない言葉に、いっそう焦りを募らせる。

涙で潤んだ瞳で縋るように見つめると、アメは眉間に深い皺を寄せた。そして、重い溜息を吐く。

「……そんな目で見るな」

そう言って、もう一度「俺の勘だぞ?」と念を押してから、日和のためにできそうなことを燿に教えてくれた。

「座敷わらしは家に憑《つ》くあやかしだ。つまり、その家の気のようなものに引き寄せられて居着くのだろう。だから、この蔵や家の中にあるもので、とくに日和の思い入れのあるものを集めて、それから出る気の中へ寝かせてみてはどうだ」

「な、なるほど。それは一理あるかも……」

きっと、日和が玩具の中で眠っていたのは、自ら回復しようとしていたのだろう。

「じゃあ、日和が大好きだったばあちゃんのものがないか、母屋を見てくる」

櫂は日和をアメに託すと、急いで母屋へ戻った。

「といっても、ばあちゃんのものはじいちゃんがほとんど持っていってるしなぁ……」

残された祖母愛用の調度品は、すでに蔵に飾ってある。ほかに祖母を思い起こさせるものを櫂は見つけられなかった。

仕方なく布団一式を抱えて蔵の小部屋に戻ると、日和は回復するどころか、右腕全体が透けてしまっていた。

「アメ、母屋には何も残ってなかった。どうしよう……このままじゃ本当に日和が消えてしまう」

知らず、目に涙が浮かぶ。

アメは布団に日和を横たえ、そのまわりに玩具を並べると、苦しそうに喘ぐ唇に指先を触れさせた。

「お前を助けたくて、よほど無理をしたのだろう」

いつもは顔を合わせれば言い合いばかりしているが、やはりアメも日和が心配なのだろう。ふだん日和に向けたことのない静かな眼差しで見つめていた。

「どうにかして助けてやりたいが……」

「アメの……水神様の力で、なんとかなったりしない？」

藁《わら》にも縋る想いで、アメに問いかける。

アメは数秒の間、櫂を見つめたまま黙っていた。しかし、目を閉じて深呼吸をすると、いつになく真剣な面持ちで口を開いた。

「言っておくが、俺は万能ではない。だが、縁あってともに暮らしてきた日和のために、俺ができることはしてやりたいと思っている。その……俺たちは家族みたいなものなのだろう？」

「アメ……」

アメが自分と同じように、日和のことを家族同様に思ってくれていたことが、櫂は堪《たま》らなく嬉しかった。

「正直、今の俺に昔ほどの力はない。気休めにしかならないかもしれないが、日和が永く暮らしてきたこの地の気を、できるだけ集めて与えてみようと思う」

「この土地の……気？」

「ああ。きっとここにある玩具や、櫂の祖母ゆかりの品から漏れ出る気だけでは、日和の妖力を回復させるに足りないのだ」

万能ではない、と言いつつも、アメの顔つきからは凜《りん》として揺るぎない自信が感じられた。

「俺が出ている間、櫂は日和の好きな菓子をもっと作ってやれ。甘い匂いに誘われて、目を覚ますかもしれないぞ」

アメは櫂の不安を少しでもやわらげようとしてか、おどけた口調で言って肩を竦めた。

そして、櫂と日和の頭を順に優しく撫でたかと思うと、一瞬にして白い大蛇へと変化する。

『デハ、イッテクル』

そう言うと、白い大蛇は櫂の目の前から煙のように消えた。

「……アメにばかり頼っていられない」

櫂はしばらくの間、玩具に囲まれて眠る日和を見守っていたが、やがて新しくフィナンシェを焼くために母屋へ戻った。

そうして、一時間ほどが過ぎただろうか。

櫂は消えかけていない日和の左手を握ってやりながら、付き添っていた。そのかたわらには、味も色も様々なフィナンシェが、膳の上に山のように盛られている。ふだんとは違うレシピで作ったものだが、味は引けをとらないはずだ。お陰で小部屋には噎《む》せ返るほどのバターと砂糖の甘い香りが満ちていた。

『櫂、遅クナッテスマナイ……』

突然、アメの声が聞こえたかと思うと、櫂の目の前に白い大蛇が現れた。

「お帰り、アメ……ッ」

櫂は思わず立ち上がり、白い巨軀《きょく》に抱きついた。そして、アメに起こった変化に気づく。

「すごい……アメ。身体が内側から光ってる」

アメの白い鱗《うろこ》は体内が透けるかと思うほど、キラキラとガラスのように光っていた。ころなしか全体的にひと回り身体も大きく、太く感じられる。

『コノ身ニ集メラレルダケノ気ヲ持チ帰ッタ。サッソク煎《せん》ジテ日和ニ飲マセヨウ』

そう言うと、アメは自ら白く美しい鱗を剝《は》ぎ取って櫂に渡した。鱗を剝いだ箇所はうっすら赤みを帯びて痛々しい。

「アメ、痛くないのかい？」

掌《てのひら》ほどもある鱗を受け取って訊ねると、アメが赤い舌先で櫂の頰をペロリと舐める。

『俺ノコトハイイカラ、鱗ヲ砕イテ粉々ニシタラ、酒ニ混ゼテ飲マセテヤレ』

「分かった。すぐに用意してくるから日和を頼む」

櫂は言われるまま、鱗を手に母屋の台所へ戻った。そして、思ったよりもやわらかい鱗を粉々に砕くと、酒に溶いた鱗を飲みやすいように吸い口へ移した。

「こんな感じで大丈夫かい、アメ」

吸い口を手に蔵の小部屋へ戻ると、アメはすでに人の姿へ戻っていた。櫂のかわりに日和の左手を握っているのを認め、胸が切なくなる。

「ああ。充分だ。早く飲ませてやれ」

アメに促され、さっそく日和の口許へ吸い口を寄せる。少し白濁した液体をちょろちょろと唇の隙間《すきま》へ流し込むと、日和の喉がコクコクと小さく上下した。

「よかった。飲んでくれた……」

櫂はホッと安堵《あんど》の溜息を吐く。

しかし、アメの表情は少し強張《こわば》ったままだ。

「あとは様子を見守るほかない」

櫂はその表情と言葉に、日和が助かるという確証をアメが持っていないことを痛感する。

「消えてしまわぬよう、そちらの手も握ってやれ」

抑揚のない声で告げられて、櫂はそこにあるはずの小さな手をやんわり包み込んだ。

反対側の手は、アメがしっかりと握る。

そうして二人は、昏々《こんこん》と眠り続ける日和に夜通し付き添ったのだった。

日和。日和……。

どうかいなくならないでくれ。

僕と、アメと一緒に、この家を守るって約束しただろう……？

夢と現実との狭間《はざま》で、櫂はひたすら祈り続ける。

そうして、板張りの床で寝返りを打った瞬間、ふと違和感を覚えた。

「……ん？」

薄く目を開くと、かたわらに抱いたはずの小さな身体が消えている。

「ひ、日和……っ！」

一瞬で寝惚《ねぼ》けた頭がクリアになり、櫂は慌てて飛び起きた。そして、朝日が差し込む小部屋を見回して愕然とする。

昨夜と変わらない状態で玩具が置いてあるだけで、日和だけでなくアメの姿も見当たらなかった。

「そんな……まさかっ」

日和は妖力が回復することなく、消えてしまったのだろうか。最悪の結末が脳裏を過《よぎ》る。

「ア……アメッ！　日和が……いない！」

何がどうなっているのか、まるで分からない。

とにかくアメに確かめなくては……。

櫂は慌てふためき、転がるように小部屋を飛び出した。そして、ともすればもつれそうになる足を懸命に動かして階段箪笥を駆け下りる。

そのまま、蔵の入口へ駆け寄ろうとした瞬間、櫂は畳で足を滑らせてしまった。

「あっ……」

一瞬、前のめりになった身体が宙に浮く。このままでは顔面を打ちつける……と思った瞬間、逞しい腕に抱き止められた。

「何をやっているんだ、櫂」

ぶっきらぼうな声にハッとなり、櫂は作務衣の胸許《むなもと》を引き摑《つか》んだ。

「ア、アメ……。日和が……っ」

消えてしまった……と続けようとしたところへ、芳醇《ほうじゅん》なコーヒーの香りが鼻を掠めた。

——え？

アメに支えられて立ち上がりながら、櫂は匂いのもとを捜して視線を彷徨《さまよ》わせる。

すると、アメの後ろからトレーを手にした日和が姿を見せた。

「櫂、起きたのか？」

黒い瞳を輝かせ、日和がにっこりと声をかけてくる。トレーの上には信楽焼《しがらきやき》の湯呑《ゆの》みがのっていた。『蔵カフェ・あかり』ではホットコーヒーを提供するとき、祖父母が残した湯呑みで提供していた。

「ひ、より……？」

きょとんとする櫂の耳許へ、アメが優しく囁く。

「日和はこのとおりピンピンしている。安心しろ」

信じられない想いで、櫂は日和を見下ろした。

白く丸い頬は林檎色をしていて、どんぐりみたいな瞳はキラキラと輝いている。黒いおかっぱ髪は艶やかで、見慣れた絣の着物を襷掛《たすきが》けにした姿は日本人形のようだ。

「もう、大丈夫なのかい？」

おずおずと問いかけると、日和は大きく頷いた。

「櫂のお陰で元気になった。ありがとう」

「そっか……。よかったぁ」

心からホッとして、櫂は盛大に息を吐く。

「おい、日和。俺が気を注いでやったのを忘れたのか？」

アメが不満を漏らすが、日和はそれを無視してトレーを櫂の目の前に差し出した。

「これは、お礼の一杯だ。おれが心を込めて淹れたから、絶対に美味いぞ」

すかさず、アメが「ほとんど俺がやったけどな」と櫂に耳打ちする。

すると、日和がギロッとアメを睨んだ。

「おれだと背が足りなくて、器械が使えないから、仕方なくアメにやってもらっただけだろ！　手順は全部おれが説明して、アメはそのとおりに動いただけだ」

「俺が手を貸さなければ淹れられなかったくせに……っ」

アメと日和が声高に互いを詰《なじ》り合う。

そんな二人に挟まれながら、櫂は知らず笑みを浮かべていた。

「……ははっ」

やがて、堪え切れず噴き出してしまう。

途端に、アメと日和がハッと我に返った様子で顔を見合わせた。二人とも、なんともバツが悪そうな顔をしている。

「あはは っ。それだけ言い合いができれば、もう安心だ。元気になって本当によかった」

肩を揺らして笑う櫂に、日和が拗ねた表情を浮かべる。

「そんなに笑うことないだろ。調子にのったおれが悪かったんだって、これでも反省してるんだ」

櫂はそっとアメに腕を解くよう目配せすると、日和の目の高さまで腰を屈《かが》めた。そのままコーヒーに手を伸ばし、日和を見つめる。

「ありがとう、日和。元気になってよかった」

そして、アメを振り向いて「アメも、助けてくれてありがとう」と告げた。

アメは少し照れ臭いのか、ふいっとそっぽを向いてしまう。

「人手不足のことは、もう少し考えてみる。日和、昨日は僕のために頑張ってくれて、本当にありがとう」

そう言うと、櫂は少し冷めてしまったコーヒーを一口啜った。ほろ苦くて、けれどその奥に優しい甘みを感じるコーヒーにうっとりとなる。

「美味しい。……今まで飲んだコーヒーの中で、一番だ」

お世辞などではなく、心から美味しいと感じた。

「ほ、本当か？」

日和が満面の笑みを浮かべる。

「うん、本当だよ。だから、もし日和とアメさえよかったら、毎朝、僕のためにコーヒーを淹れてくれないかな」

するると、日和とアメが顔を見合わせ、二人同時ににやりと笑った。

「もちろんだ、櫂！」

「櫂、俺に任せておけ」

同じタイミングで返ってきた二人の言葉に、櫂はこの上ない安らぎを覚えたのだった。


八月半ばともなると、函館でも三十度を超える真夏日が続く。その暑さの中を、わざわざ坂道と階段を上って、多くの客が『蔵カフェ・あかり』を訪れた。

日和が倒れた後、櫂は階段簞笥の下にあった座卓を片付けて席数を減らした。一度に受け入れる客数を抑えることで、客を待たせる時間が短縮できるとともに、以前よりも空間に広がりが生まれ、いっそうのんびりと寛《くつろ》いでもらえるようになった。

それでも週末はどうしても混雑してしまう。

そういうときは、アメと日和の出番だ。

アメはこの土地を守りながら目にしてきた昔語りを聞かせたり、水神の力を活かして天気予報や占いの真似事《まねごと》をして、客を飽きさせないようにしてくれる。たとえ表の腕木門をくぐった瞬間に忘れてしまうと分かっていても、アメはいつも丁寧に話してくれた。

日和は一日一時間だけ、かわいらしいギャルソンスタイルで、テキパキとウェイターをこなしてくれる。週に一日か二日、しっかり時間を限定すれば、日和の妖力が失われることはなかった。それ以外にも、日和はときどき姿を現さないまま小さな悪戯をして、座敷わらしの棲《す》む蔵カフェを演出してくれる。

忙しいけれど、充実して穏やかな日々——。

日和のことがあって以来、三人の間に絆のようなものが生まれたと櫂は感じていた。

それこそ、本当の家族になれたような、やわらかであたたかい充足感に満たされた毎日。

日和は櫂を、祖母のあかりのようだと慕ってくれる。生きた歳月なら日和の方がうんと長いが、櫂はこの座敷わらしを自分の子どもみたいに感じ始めていた。

アメには夜毎、身も心も蕩《とろ》けるほどに愛され続けている。無垢《むく》だった身体はアメによって開発され続け、夜通しのセックスのたびに新たな快感を植えつけられる。ただ、どんなに身体を繋いでも、櫂は羞恥を捨て切れない。

『櫂はいつまで経っても、初心《うぶ》でかわいいな』

そうアメに揶揄われるのだが、結局は途中からアメの手管に翻弄《ほんろう》されて理性を手放してしまうのだ。

身も心も満たされて、勿体《もったい》ないくらい幸せだ。

――函館にきてよかった……。

過去の痛みはこの幸せのためにあったのだとまで、思えるようになっている。

いつか東京の両親や祖父だけでなく、迷惑をかけたカフェのスタッフやすっかり連絡をとらなくなったゲイの友人を、『蔵カフェ・あかり』に招待したい――と、櫂は新たな夢を抱き始めていた。

水曜の午後、『蔵カフェ・あかり』は定休日で、静かな昼下がりを迎えていた。

櫂は前庭の草むしりを終えると、汗を拭いながら蔵で寛ぐアメと日和に声をかけた。

「日が傾いたら、散歩がてらパン屋までいくけど、日和もくるかい？」

蛇の化身だからだろうか。アメは暑さに弱く、近ごろ日中は唯一エアコンのある蔵に入り浸っていることが多い。

「え、いいのか。櫂？」

日和がアイスキャンディーを片手に櫂に駆け寄った。

「大三坂《だいさんざか》の途中までだから、多分、日和もいけると思うんだ」

座敷わらしは棲みついている家から離れると、妖力が弱くなるらしい。もし、次の家に移らなければならなくなった場合は、きちんと目星をつけて急いで引っ越すのだと日和が教えてくれた。

「無理に姿を見せなくてもいいし、つらくなったら途中で帰っても構わないよ」

自分の限界をなんとなく摑んだらしい日和は、最近、櫂と近所を散歩するのがお気に入りだった。カフェを手伝うのに洋服を着てハマったのか、外に出るときは決まって今どきの子ども服を身に着けている。どうやら座敷わらしは、人が着ている服と同じものを自由に身にまとうことができるようだ。日和は店に訪れた子どもの服をよく真似ていた。

「櫂、手を繫いでくれるか？」

「ああ、いいよ」

日和がきゃっきゃとはしゃいで蔵の中を駆け回る。

すると、それまで黙っていたアメがおもむろに口を開いた。

「だったら、俺もいく」

エアコンの風が直接当たる席に座ったまま、アメは櫂を手招きした。

「日が陰ってからいくつもりだけど、それでも結構暑いと思うよ」

この家の敷地から出るとき、アメは小さな白い蛇の姿になる。そして櫂のポケットやバッグの中に身を潜め、散歩や買い出しに同行していた。

腕木門に施されたアメのまじないは、そこを行き来するカフェの客にしか効果がない。そのため、人の姿で出歩くことができないのだ。

「大丈夫だ。日和がいけるのに、俺がいけないわけがないだろう」

言いながらも、アメはぐったりとして座卓に突っ伏してしまう。

「エアコン、もっと温度下げる？」

ちなみに、現在温度設定は二十度で、汗をかいた櫂には肌寒いほどだ。

「んー」

アメは突っ伏したまま呻《うめ》き声を漏らすばかり。

どちらを意味する返事か分からないまま、櫂はリモコンで設定温度を十八度まで下げた。

「僕はとりあえず汗を流してくるよ。また出掛ける前に声をかけるから、アメもいけそうだったら一緒にいこう」

櫂は畳に膝をつくと、座卓に銀の髪を広げたアメの額にそっと掠めるだけのキスをした。

「……た、く？」

突然のキスに、アメがガバッと身体を起こす。

「じゃ、またあとで……」

櫂はそう言い残すと、逃げるように蔵をあとにした。顔が熱くて堪らない。耳まで真っ赤になっているだろう。

実を言うと、櫂はセックスどころか、自らアメに口づけることさえ、照れ臭くて堪らなかった。アメにキスされるのは大分慣れてきたが、自分からとなるとどうしようもなく恥ずかしい。

蔵と母屋を繋ぐ渡り廊下の真ん中で、櫂はほぅっと溜息を吐いた。胸がドキドキして、心臓の音が馬鹿みたいに大きく聞こえる。

アメが好きだ。

日和に対して抱く親愛の情のようなものとはまるで違う、切なくてもどかしい想いがたしかに胸にある。

居間で過ごす何げない時間だけでなく、仕事中にもふと気づくとアメのことを目で追っている自分に気づく。

もう、疑いようもなく、愛しくて、恋しくて……。

――これが、恋というものか……。

はじめて経験する感情を、櫂はまだ持て余している。

けれど、アメが惜しみなく自分に愛情を注いでくれるように、櫂も想いをちゃんと伝えなければと思った。

その一つが、キスだ。

好きだとか、愛している……なんて言葉を口にするのは、櫂にはとてもハードルが高い。

だからせめて、態度や行動で示そうと考えた。

「僕は今、恋をしているんだな……」

毎日、アメのことを考える。

日を重ねるにつれ、どれだけアメが自分を求めているのかを思い知る。

何年も、孤独のまま櫂のことを思い、待ち続けていたアメ。

櫂はアメへの恋心を募らせながら、彼の想いに報いるために、これからの人生を生きようと考え始めていた。


慌ただしく、短い夏が終わると、函館の街は一気に秋めいてくる。うだるような暑さが続いた先月までが嘘みたいに、九月の上旬を過ぎると、夜には肌寒さを覚えるようになった。

『蔵カフェ・あかり』の評判は、訪れた客の口コミによって北海道だけでなく全国へ広まりつつあるらしく、雑誌やテレビ局などから取材の問い合わせがくることもあった。

だが、櫂はそのすべてを断っている。

「お客様の口コミだけで充分、多くの人に知ってもらえました。それに、のんびり落ち着いたカフェにしたいという想いがあるので、取材は一切受けないことにしています」

どれだけ執拗に食い下がられても、櫂は丁寧に意思を伝えて断ってきた。

もう、二度と同じ轍《てつ》は踏みたくない。

過去の痛手はアメと日和のお陰で癒えたけれど、インターネットや人前に出ることで生じる危険性を忘れたわけではなかった。

ときどき、櫂の心を煩わせるそういった些細《ささい》な事件が起こることはあったが、それ以外はとても平穏な日々が続いていた。夏の忙しさを乗り切ったことで、櫂にも自信と余裕が生まれている。

開店から三カ月あまりを経て、『蔵カフェ・あかり』の営業がようやく軌道にのったと櫂は実感していた。

「一人なんですが、大丈夫ですか？」

街のナナカマドがほんのり色づきはじめた、ある平日の昼下がり。見慣れない男性客が『蔵カフェ・あかり』にやってきた。年は三十代半ばから後半というところだろうか。一見して日本人以外の血が混じっていると分かる彫りの深い顔立ちで、瞳の色は髪と同じ暗めの茶褐色。ブルーグレーのスーツに明るい水色のドレスシャツ、合わせたネクタイは濃紺で、胸許の煉瓦色《れんがいろ》のチーフが差し色として効いている。背も高く、アメと同じぐらいだろうか。胸板と肩幅の広さから、ふだんから身体を鍛えているのが窺い知れた。

「いらっしゃいませ。大丈夫ですよ。どうぞ上がってください」

渡り廊下の下でビジネスバッグを手に佇む男性客を見て、櫂は素直に「かっこいい人だな」と思った。

「噂どおり、とても落ち着きのあるカフェですね。田舎のおばあちゃんの家みたいで、ほっとします」

蔵へ案内すると、男性客は入って右手にある座卓の席に腰を下ろした。

「ありがとうございます。今、メニューをお持ちしますね」

丁度、近所のママ友グループが帰ったばかりで、客は男性客だけだ。

「あ、いいです。ホットラテとフィナンシェ……今日のおすすめのものがあれば、それをお願いできますか？」

背を向けようとしたところを呼び止められ、櫂はきょとんとしてしまった。

「えっと、以前にもお越しくださったことがありましたか……？」

一度きてくれた客の顔を、櫂はほぼ覚えている。しかし、男性客の顔は見覚えがない。

「いいえ、はじめてです。実は宿泊しているホテルのスタッフに、こちらを教えてもらったんですよ。美味しいコーヒーが飲める、落ち着いたカフェはないかと……」

「そうだったんですか。光栄です」

地元のホテルスタッフが宿泊客にすすめてくれるほどになったかと思うと、やはり嬉しかった。

男性客は「月城《つきしろ》」と名乗り、仕事で数日前から函館に滞在しているという。

「こちらこそ、期待しています。こう見えて、コーヒーにはうるさいんですよ」

そう言って月城がくしゃっとした笑顔になる。目尻《めじり》に細かな皺が刻まれ、白い歯が眩《まぶ》しい。それこそ、少年のような笑顔に、櫂はつい見蕩れそうになった。

「じゃあ、ご期待に添えるよう頑張らないといけませんね」

櫂は水とおしぼりを出すと、小走りに母屋の台所へ戻った。

「うわ、日和！」

勝手口のドアを開けた瞬間、足許に日和が蹲《うずくま》っていてぶつかりそうになる。

「こんなとこにいたら危ないじゃないか」

「あの客、すーごく嫌な感じがする」

日和は櫂の言葉を無視して、じっとりとした目で見上げて言った。

「え、嫌な感じ……って」

「俺もあの男は気に食わない」

戸惑う櫂の背後から、ぬっとアメが現れた。

「ア……アメッ！　びっくりするだろ！」

前庭にでもいたのだろうか。背中から櫂を抱き締め、旋毛に顎をのせてくるアメに文句を言う。

「いいか、櫂。アイツには近づくなよ」

アメは少し強めに櫂を抱き締めて淡々と告げた。

「近づくなって……お客様なんだから、そういうわけにはいかないよ」

　櫂はアメの表情を窺おうとしたが、首をまわそうにも旋毛を顎できつく押さえられているせいで叶《かな》わない。

　すると、日和がすっくと立ち上がって櫂のエプロンを引っ張った。

「おれもアメに賛成だ。なあ、もう追い出してしまおうよ、櫂」

　援軍を得たとばかりにとんでもないことを言い出す。

「ちょっと、待ってくれよ。いったい二人ともどうして月城さんのこと、そんなに毛嫌いするんだ？　今日はじめてうちにきたお客様なのに……」

　困惑する櫂に、アメと日和が口を揃える。

「どうしてと言われても、なんとなく面白くないのだ」

「そうそう。なんとなく、いやぁ～な感じがするんだよ」

　人ではない彼らに、月城はどのように見えているのだろう。櫂は不思議で堪らない。

「とにかく、もう席にお通ししてオーダーも受けちゃったから、追い返すなんてことはできないよ。それに、仕事で滞在してるって言ってらしたから地元の人じゃないようだし、もう二度といらっしゃらない可能性もあるだろ」

　櫂はどうにか二人を宥《なだ》めると、アメの腕から抜け出した。

　しかし、アメと日和は納得していない様子だ。

「いいか、櫂。あの男に気を許すなよ」

「アイツが変なことしないよう、おれが見張っててやる！」

口が大きめの湯呑みにエスプレッソを注いでいて手が離せない櫂を後目に、アメと日和が蔵へと向かう。

「え、ちょっと！　アメ、日和……っ」

制止の声は、当然届かない。櫂は焦る気持ちを抑えつけながら、急いでホットカフェラテとフィナンシェを準備した。

そうして、蔵に戻った櫂は、目に飛び込んできた光景にぎょっとしてしまった。

月城に見えていないのをいいことに、日和が正面に座り込んで睨みつけていたのだ。かと思えば、いつものように出窓の縁に腰かけたアメも、月城をじろじろ観察するように見つめている。

月城はアメの不躾《ぶしつけ》な視線にうっすらと苦笑いを浮かべつつ、蔵の内部を珍しそうに見回していた。

――何やってるんだよ、二人とも！

櫂は内心ハラハラしながら、月城の席に淹れたてのカフェラテを置いた。

「お待たせしました。ホットのカフェラテと洋なしのフィナンシェです」

アメと日和の視線がグサグサと突き刺さる。

「へえ、洋なしですか」

月城はジャケットを脱いで、ベスト姿になっていた。より厚い胸板が強調されて、甘みのある彫りの深い顔とのギャップが妙に色っぽく感じさせる。

「はい。ブランデーワインという品種で、これからが旬《しゅん》になるんですが、北海道で多く作られているんです。それをコンポートにしたものをのせて焼き上げました」

「それは楽しみだ。実は甘いものに目がなくてね」

月城が櫂を上目遣いに見つめ、ウィンクしてみせる。

「……っ」

思わぬ仕草に、櫂は一瞬、硬直してしまった。

月城は戸惑う櫂に気づかない様子で、まずはカフェラテに手を伸ばす。

「ああ、いい香りだ。信楽の湯呑みで提供されているんですね。斬新だが、このカフェの雰囲気ととても合っている」

厚い唇が湯呑みの縁にそっと触れ、ズズッとかすかな音を立てた。

その口許と、湯呑みを持つ血管が浮いた手の甲を、櫂は無意識に見つめてしまう。

「……美味い」

喉仏をコクリと動かして嚥下《えんか》すると、月城はほっとした様子で呟いた。

「こんな美味くてホッとするカフェラテ、東京でもなかなか飲めないんじゃないかな」

月城が目を細めて感想を告げる。

「ありがとうございます。ご期待に応えられたようで、僕もホッとしました」

アメとはまた違ったイケメンに見つめられ、櫂の心臓はドキドキしっ放しだ。

「……うん、フィナンシェもしっとりして、甘さも丁度いい。これならいくらでも食べられそうだ」

月城は半分に割ったフィナンシェを口に放り込むと、子どもみたいな笑みを浮かべた。

「お口に合ってよかったです」

「小振りなのが、またいいね。女性や子どもでも食べやすい。これは……土産《みやげ》にしたいくらいだな」

一度、カフェラテを口に含むと、月城は続けて二個目のフィナンシェに手を伸ばした。

美味しそうに食べてくれる様子を見ていると、櫂まで幸せな気分になる。

「あの、持ち帰り用のものは作っていないんですが、もしよろしければ少しお包みしましょうか？」

「え、いいんですか？　じゃあ、お言葉に甘えて少しいただいて帰ろう。このカフェを教えてくれたホテルスタッフのお土産にするよ」

するとそのとき、日和が突然立ち上がったかと思うと、ダンダンと思いきり畳を踏み鳴らした。

「あ……っ」

「……えっ？」

櫂が困惑の声を、月城が驚きの声を同時に漏らす。

日和は月城が目を丸くするのを認めると、そそくさと階段箪笥を上って小部屋へと逃げていった。

さすがに呼び止めることもできず、櫂は月城の疑念に満ちた視線に晒《さら》されてしまう。

「今の物音って……」

さあ、どうしたものかと考え倦《あぐ》ねていると、月城が難しい顔をして首を傾げた。

「もしかして、噂の座敷わらし……ですか？」

そう言って再び櫂を見つめる。その目は好奇心にキラキラと輝いて少年のようだ。きょろきょろと蔵のあちこちに目を向けて、その気配を感じとろうとする。

「本当にいるのか、分からないんですよ。ただ、この家を祖父から引き継ぐときに、代々祀ってきた座敷わらしへの感謝と、毎日のお供えを忘れないよう言われたんです」

さすがに、ついさっきまで同じ座卓に座ってました……とは言えない。

櫂の説明により好奇心を刺激されたのか、月城は座卓の上に身を乗り出すようにしてさらに質問を投げかけてくる。

「まさか、私だって座敷わらしが実在するとは思っていません。何か仕掛けがあるんじゃないかと推測しているんですが、どうですか？」

月城の大人らしい反応を当然だと思いつつ、櫂は営業スマイルを浮かべた。

「そこは、アレですよ。企業秘密ということで……」

月城のように割り切ってくれる客の方が、実のところ有り難い。反対に座敷わらしの存在を信じ切って、もしくは疑った揚句、真相を究明しようとする客もたまにいるからだ。

「さすがに教えてはもらえないかぁ……」

月城はがっくりとして、カフェラテの湯呑みを手にとった。

「だが、夢があっていいですね。この蔵の雰囲気は本当に座敷わらしがいるんじゃないかと思わせてくれる。かといって、おどろおどろしくはなく、懐かしさを感じさせる」

コクリと喉仏を上下させて嚥下すると、月城はゆっくりと櫂に視線を戻した。そして、再び身体を前のめりにすると、櫂に小声で告げた。

「実はね、ちょっとだけ座敷わらしがいるんじゃないかと思っているんですよ」

真剣な面持ちの月城に、櫂は思わず小さく噴き出してしまう。

「ふふっ。月城さんて面白い人ですね。黙っていれば、それこそ英国紳士みたいなのに」

落ち着いた風貌《ふうぼう》からは想像できない、子どもっぽい表情につい本音を口にしてしまう。

「マスター、男はいくつになっても少年の心を残しているものでしょう？　それと、私には四分の一、イギリス人の血が流れているから、英国紳士というのはあながち外れじゃありませんよ」

そう言って肩を竦めて首を傾げてみせる。

日本人離れした顔立ちの理由が分かって、櫂はなるほどと思った。

すると、月城は不意に真剣な表情を浮かべた。

「ところで、マスター」

声を潜め、目だけを横に向ける。

その視線の先にいるのは、無言でこちらを睨み続ける、アメ。

「彼はマスターのお身内か、それとも常連さん？　とても美しい人だが、ロシアか北欧の方ですか？」

理由も分からないまま、あからさまに嫌悪が滲《にじ》んだ視線に晒されて、さすがに不快と疑念を抱かずにいられなかったのだろう。月城はチラチラとアメを盗み見ながら訊いてきた。

「彼はこのカフェの共同経営者で、ときどき様子を見にくるんです。ああ見えて、生まれも育ちも函館なんですよ」

「へぇ。あの風貌で着流しとは、粋だね。……しかし、彼は何故、あんなに私のことを睨むんだろう」

「えぇっと、何故でしょう……？」

あなたを敵視しているなんて言えるわけもなく、櫂は答えに窮してしまう。

するとそのとき、月城が座卓の端に置いていたスマートフォンがブルルと震えた。

「ああ、いけない。仕事の連絡だ。サボっているのがバレたかな」

液晶画面を確認すると、月城は「会計をお願いできるかな」と言って立ち上がった。

櫂は急いでフィナンシェをいくつか包んでやると、料金と引き換えに紙袋を手渡した。

「えっと、手土産代が入っていないようだけど？」

「今回だけ、サービスです。ホテルの方によろしくお伝えください」

「じゃあ、遠慮なく。しばらくは函館にいるから、その間、通わせてもらうよ」

来店したときと比べると少し砕けた口調で言って、月城は帰っていった。

「次にアイツがきたら、追い返せ」

「……うわぁ、アメッ！」

くぐり戸の手前で月城を見送って振り向くと、アメが日和を左肩にのせてものすごい形相で渡り廊下に立っていた。

「だ、だからどうして、そんなに月城さんを嫌うんだよ？」

櫂はサンダルを脱いで渡り廊下に上がると、アメと日和の前を横切って蔵へ戻った。そして片付けを始めながらブツブツと二人に文句を言う。

「だいたい、日和もアメも、お客様に対して失礼だろう？　日和も、あんな驚かせ方をして、変に疑われたらどうするんだ。アメもあんなじろじろと睨んで、月城さんがいい人だったからよかったものの……」

信楽の湯呑みと小皿をトレーにのせていると、背後にアメが立つのが分かった。

「櫂はおれのこと疑われたら、困るんだ」

ぼそっと零したのは日和だ。

櫂はハッとして、振り返った。

「……いや、そういう意味じゃなくて」

日和はアメの肩にのったまま、じっとりとした目で櫂を見下ろしている。

「ほら、前にもオカルト研究家とかいう人が、勝手に蔵に忍び込んだことがあっただろ？　あんなことがあったら、日和だって困るだろうと思って……」

「櫂、お前、あの男に見蕩れてただろう？　あんな腹の内が真っ黒な男のどこがいいんだ？」

言い訳する櫂の言葉を遮って、アメが低い声で問い質《ただ》す。

「み、見蕩れてたって……。ただ、かっこいいなぁって思っただけだろう？　月城さんみたいな人、きっと男女問わず誰だって憧《あこが》れるとおも……」

言い訳の言葉は、アメの唇に塞《ふさ》がれてしまった。

「――ッ」

一瞬のことに、櫂は動揺を隠せない。見開いた目に、日和のかわいらしい膝小僧が映る。

「……ッア、アメ……ッ」

我に返った櫂は、咄嗟に両腕を突っ張ってアメの胸を押しやった。

「急に……な、何をするんだよ」

「俺の前で二度とあの男の名前を口にするな。虫酸が走る」

血のような赤い目が、櫂を見つめていた。冷たく突き刺さるような視線に背筋がブルッと震える。

アメに見つめられて恐怖を感じたのは、随分と久し振りだった。櫂は逃げ出したい衝動を抑え込み、二人に理由を問い質した。

「そ、そんなこと言われても……困る。いったいどうして、アメも日和も……あの人をそこまで嫌うんだ？　ちゃんと説明してくれないと、お客様としてきてくれる限り、理由もなく追い返すなんてできない」

すると、アメと日和が揃って不機嫌そうに唇を尖らせた。近ごろ、二人の言動が似てきたと感じるのは気のせいだろうか。

「櫂は人が好すぎる。どこからどう見ても、何か企《たくら》んでいる顔つきだった」

「おれが驚かしても、アイツ、全然気にしてなかった。きっと散々悪いことをしてきたんだ。悪行三昧《ざんまい》だ！」

アメと日和は口々に月城の悪口を言い立てる。

「悪行三昧……って」

妖力を失って消えかけたところをアメの力で助けられて以来、日和はときどき母屋にやってきては、アメと一緒にテレビを見るようになっていた。

「そうだ、不埒《ふらち》千万だ。人の世の生き血を啜って……」

アメも日和に調子を合わせ、二人が気に入っている少し昔の時代劇の台詞《せりふ》を繰り返す。

「いい加減にしてくれよ。月城さんが悪い人だって証拠を出さない限り、僕はふつうにお客様として接する。それがマスターとして当然だからね。もしまた今日みたいに失礼なことをしたら、二人とも店には出禁にするから！」

一気に捲《まく》し立てると、櫂はトレーを持って足早に蔵をあとにする。

「お、おい。櫂……！　で、出禁とはどういう意味だ？」

慌てて追いかけてくるアメに、日和が「出入り禁止ってことだよ」と教えている。

櫂は背後のやり取りを無視して台所に戻った。

そして、シンクに食器を置いていると、いつの間にアメの肩から下りたのか、日和が足許にまとわりついてくる。

「なあ、櫂。おれもアメも、お前のために言ってやってるんだぞ？」

「悪いことは言わない。とにかく、あの男は駄目だ」

アメがキツい口調で背中越しに告げるが、だんまりを決め込む。

それが、癪《しゃく》に障ったのだろうか。

「もしかして、本当はあの男に一目惚《ひとめぼ》れしたんじゃないだろうな？」

長い銀髪がシンクに垂れて濡れるのも厭《いと》わず、アメが下から櫂の顔を覗き込む。

赤い目が怒りと疑念に満ちているのを認めた瞬間、櫂は思わず叫んでいた。

「いくらなんでもそれは言い過ぎだろ！　もう、本当に出禁にするから！」

根拠もなく客の悪口を言う二人が、悲しかった。

何よりも、アメに心を疑われたのが、つらかった。

「……櫂」

「怒るなよぉ、櫂ぅ」

櫂の剣幕に驚いたアメと日和はその後ずっと落ち込んだ様子で、櫂を遠巻きに見つめつつ過ごしていた。


アメと日和の気持ちに反して、月城はよほど『蔵カフェ・あかり』が気に入ったのか、ほとんど毎日顔を出すようになった。

来店する時間はその日によって異なるが、いつもきっちりとスーツを身に着けてビジネスバッグを持っている。もうすっかり顔馴染《かおなじ》みとなったが、櫂は月城がどんな仕事をしているか知らないままだ。気にならないわけではなかったが、月城に限らず客のプライベートを無闇《むやみ》に訊ねたりしないと決めていた。

「こんにちは、席、空いているかな？」

蔵の入口の暖簾《のれん》をめくり、月城が顔を覗かせる。

彼が通ってくるようになって、三週間あまりが過ぎていた。

「いらっしゃいませ。丁度、窓際の席が空いたところですよ」

「よかった……。ところで、日替わりサンドセット、まだ残ってるかな？」

「すみません、月城さん。少し前に全部終わってしまったんです……」

出窓のそばの円座卓へ案内しながら答えると、月城はがっくりと肩を落とした。

「ああ、またかぁ……。いつになったら日替わりサンドイッチにありつけるんだろうな」

日曜ということもあってか、午後一時を過ぎたばかりだというのに、ほかの席はすべて埋まっていた。

「今日はサンドイッチのご注文ばっかりだったんです。多めに用意していたんですが、それでも間に合わなくて」

申し訳なく思いつつ、メニューと一緒におしぼりと水の入ったグラスを円座卓に置く。

「食べたかったなぁ……。サーモンマリネのクロワッサンサンド」

外の立て看板を見て楽しみにしていたのだろう。月城がジャケットを脱ぎながら溜息を吐く。毎日顔を合わせているせいか、話し方や態度が最初に比べると随分と砕けてきた。

秋が深まりつつある北海道はいよいよ鮭《さけ》が旬を迎え、今週は日替わりで鮭を使ったサンドイッチを提供していた。

「サーモンマリネのサンドイッチは好評なんで、しばらくはレギュラーメニューにしようと思っているんです。なのでお昼に間に合いそうなときは是非、召し上がってください」

結局、月城はレギュラーメニューのサンドイッチセットを注文してくれたのだった。

「そういえば共同経営者の彼、あれきり見ないけど……元気でいるのかい？」

サンドイッチセットとカフェラテを運んでいくと、月城が出窓を眺めながら訊いてきた。

「ええ、変わりないですよ。今日はいませんけど、昨日もそこに座ってお客様と談笑していました」

櫂はアメと日和を出禁にこそしなかったけれど、月城がいる間は絶対に顔を出すなときつく言い聞かせていた。当然、二人とも納得していないが、月城の顔を見るのも嫌なのだろう。蔵にいても月城の気配がすると、櫂が声をかける前にふいっと姿を消してしまう。

「そうなのか。私もそのうち、彼と話がしてみたいなぁ。ねえ、櫂くん。彼は何をしている人なんだい？」

いつの間にか、月城は櫂のことを名前で呼ぶようになっていた。東京のカフェで店長をしていたときも、常連客やスタッフから名前で呼ばれることもあったため、櫂はあまり気にしていない。しかし、アメと日和はこの点についても許せないらしかった。

「彼のプライベートに関しては公言しないように言われているんです。すみません」

どうせ、腕木門をくぐれば忘れてしまうのだから、適当に作り話でもすればいいとも思う。けれど、耀の性格的にそれはできなかった。

「それじゃあ、仕方ないな。でも、座敷わらし伝説のある蔵に、あんな男でも見蕩れるような人がいるというのも、ある種のギャップがあって面白い。あ、あとイケメンマスターがいるのもポイントが高いね」

耀を名前で呼ぶようになって、月城はいっそうフレンドリーな態度で接するようになっていた。といっても、変に馴《な》れ馴れしかったり押しつけがましくもなく、心地よい距離感を保ってくれる。

「取ってつけたみたいに褒められても、オマケなんかつきませんよ」

そう答えたところで、別の客から声がかかった。耀は軽く会釈して月城の席を離れた。

――本当に、いい人だと思うんだけどな。

定休日以外、ほとんど毎日顔を合わせているが、月城には欠点らしきところがまるでない。日本人離れした整った顔立ちはもちろん、スーツをはじめ、身に着けている小物類の趣味もよく、博識で雑学にも通じていて話題が尽きない。耀にしてみれば、理想の大人の男そのものだ。

はじめて『蔵カフェ・あかり』にきたときも、あれだけアメに不躾な態度をとられたというのに、気分を悪くすることがなかったばかりか「元気か？」と気遣ったりする余裕まである。おまけに日和の悪戯にも動じず、楽しんでいるようだった。

月城の人となりに触れれば触れるほど、アメと日和が何故ああまで毛嫌いするのか理解できなかった。

「櫂くん、ちょっといいかな」

昼の忙しさもピークを越え、月城のほかには三人組みの女性客だけになっていた。

「はい。なんでしょう？」

コーヒーか水のおかわりだろうかと思いつつ近づく。

「櫂くんを見込んで、ちょっと教えてほしいことがあるんだ」

きりっとした眉《まゆ》を寄せ、月城が神妙な顔で声を潜める。

「……えっと、僕などでお役に立てるなら」

いったい、何を訊かれるのだろうと緊張しつつ、畳に膝をつく。

「もう何日もホテル暮らしをしているだろう？　朝食以外は外食ばかりで、ホテルの近くやガイドブックに載っているような店は行き尽くしてしまってね。もし、櫂くんの行きつけやおすすめの店があったら教えてもらえないだろうか」

「はぁ」

身構えていただけに、ちょっと拍子抜けする。

「できれば夜に軽く飲めて、がっつり食べられるような……。そうだな、地元の人がいくようなこぢんまりした店がいいんだが」

月城は簡単に言うが、櫂は困ってしまう。毎日話すうちに、かなりの食通だと実感したからだ。それに……。

「申し訳ないんですが、僕もまだこの春に引っ越してきたばかりで、月城さんのお眼鏡《めがね》に適《かな》うようなお店は知らないんです。けど、地元の常連さんがよくいかれるお店なら……」

櫂はアルコール類はほぼ飲まない。学生時代に一度酔って醜態を晒し、自分が下戸であると分かってから、なるべく口にしないようにしてきた。

「じゃあ、櫂くんはほとんど自炊しているのかい？　友だちと外食したりは？」

月城は意外だといった様子で質問を投げてくる。

「しない、ですね。店の片付けや翌日の仕込みもありますし、家事もこなさないといけないんで」

ときどき、井口や親しくなった近所の家に誘われることはあったが、函館にきてすぐにアメや日和と暮らすようになったせいか、外食はほとんどしなくなってしまった。

「そうなのか。だったら、もし私が食事に誘っても、付き合ってもらうのは無理かな？」

月城が声のトーンを低くして、櫂をまっすぐに見つめる。

思いがけない誘いの言葉に、櫂は声も出せず目を瞬かせた。

――どういう、つもりなんだろう？

まさか、同性愛者だとバレたのだろうか。気をつけてほかの常連客と変わらない態度で接していたつもりだったのに……。

しかしどう見ても、月城が同じ性癖だとは思えなかった。もしかしたら単純に、社交辞令のつもりなのかもしれない。

月城の真意が分からないまま、櫂は丁重に断りの台詞を口にした。

「お気持ちは嬉しいんですが、僕は下戸でお酒はまったく飲めないんです。それに、もともと口下手な性格で、プライベートはつまらない人間なんですよ。だから、一緒に食事をしても失望させてしまうと思います」

すると、月城があからさまに落胆の表情を浮かべた。眉尻が垂れ下がり、唇がへの字に歪み、奥まった双眸はまるで捨てられた子犬のようだ。

「いい加減、一人で食事するのも虚《むな》しくてね。仕事相手以外に親しい人もいないし、できれば気心が知れた……櫂くんみたいな人と飲めたらいいな、と思っていたんだ」

深みのある低音の声にも、元気がない。

心底、寂しそうな表情に、櫂は良心の呵責《かしゃく》を覚えた。

「どうしても、駄目かな。あと一週間もしたら函館での仕事も終わる。美味いコーヒーとフィナンシェに出会えた記念に、お礼というか……思い出を私にくれないか」

月城が口にすると、気障《きざ》な台詞が嫌みにならない。そこまで『蔵カフェ・あかり』を……自分のコーヒーやフィナンシェを気に入ってくれたのだと思うと、無下にするのも申し訳なく感じられた。

「えっと、では……一度だけなら」

月城の熱意に、櫂はつい頷いてしまったのだった。


「はあっ？　お前……今、なんて言った？」

日和と居間でテレビを見ていたアメが、驚きと怒りが入り混じった顔で振り返った。

「だから、明日の夜、月城さんと食事にいくことになった……って言ったんだ」

片付けを終えて母屋に戻ってきた櫂は、エプロンも外さないうちにアメと日和に正直に打ち明けた。

月城に誘われた翌日、櫂は気乗りしないまま厨房《ちゅうぼう》機器のリースで世話になっている井口にいい店はないかと相談した。そして火曜日の今日、弁天町《べんてんちょう》に美味い海鮮料理を出す小さな居酒屋があると教えてもらったのだ。

「ダメだぞ、櫂。アイツ、絶対に悪いヤツだって言ってるだろう？」

日和がパタパタと駆け寄ってきて、櫂の手を握る。

「あんな何を考えているか分からないような男と食事だと？　冗談じゃないぞ」

案の定、アメと日和に反対され、櫂は気分が重くなった。

「だって、月城さん、もうすぐ函館を離れるから記念に……って。地元の人でもないのに毎日店にきてくれてたし、お礼もかねて一度食事するぐらいはいいかと思って……」

「駄目だ」

アメはそう言うと、すっくと立ち上がって櫂に近づいた。

赤い瞳で見つめられると、心の底まで見透かされているような気分になる。

「お前に何かあったらどうする」

「そうだぞ、櫂！　いくな！」

アメも日和も頑なに櫂を引き止める。

「もう約束してしまったんだ。明日は定休日で僕も時間があるし、丁度いいって……。さすがに今さら断れないよ」

今日の夕方、閉店間際にやってきた月城に、井口から教えられた店のことを話し、待ち合せの約束をしたのだ。

「俺に相談もなく勝手に約束したのか？」

アメが眦を吊《っ》り上げる。

「仕方ないだろう。アメも日和も、月城さんがくると蔵に近寄らないんだから。それに、僕にとっては月城さんはとてもいい常連さんだ。理由もなしにただ『悪いヤツ』だとか『怪しい』みたいに言われても、とてもそんなふうには思えない」

アメも日和も、月城のどこを見て毛嫌いするのか、理由をはっきり口にしない。人ではない彼らのことだから、何かしら感じているのかもしれないが、その根拠を説明してくれないことには納得できなかった。

「夜といっても、夕方の早いうちにお店にいって、食事が済んだらすぐに帰ってくるよ。次の日は仕事があるからね」

「だったら俺もいく。お前を守ると誓ったからな」

怒気を孕《はら》んだ声に、耀はカチンときた。

「ねぇ、アメ。僕はそんなに信用ない？　たしかにアメや日和から見れば、たった三十年しか生きていない子どもなのかもしれない。けど、世間一般的には立派な成人なんだよ」

怒りを抑え、できるだけ穏やかに告げた。だが、感情を抑えたことで無表情になり、口調も淡々として冷たく聞こえたらしい。

アメと日和は茫然《ぼうぜん》として、耀を見つめていた。

「とにかく、明日は夕方から出掛けるから、二人は留守をよろしく」

耀は素っ気なくそう言うと、二人に背を向けて風呂《ふろ》へ入りに向かったのだった。

「こんばんは。場所はすぐに分かりましたか？」

水曜の午後六時過ぎ、櫂は井口に教えてもらった居酒屋で月城と待ち合わせた。

「ああ。ホテルからほぼ一本道で、そこの角を曲がるだけだったから問題なかったよ」

「え。歩いてこられたんですか？」

「散歩には丁度いい距離だろう？　それに、こちらの方へ足を伸ばしたことがなかったからね」

月城はいつもと変わらないスーツ姿だったが、さすがにビジネスバッグは持っていなかった。比べて櫂はニットのカットソーにジャケットを羽織ったラフな格好だ。

――もう少し、洒落《しゃれ》た服を着てくるべきだったかな。

月城との釣り合いまで考えが至らなかったことを後悔しつつ、店の暖簾をくぐる。

井口が教えてくれた居酒屋は、こぢんまりした古い擬洋風の民家の一階部分で、もとは鮮魚店だったらしい。二階に店主夫婦が暮らしていて、客のほとんどが地元住民ということだった。

「こんばんは。井口さんにご紹介いただいた、新川です」

月城を誘《いざな》って店内に入ると、いかにも漁師町の飲み屋といった空間が広がっていた。カウンター席が六つほどの店内には、すでに数人、常連らしい客の姿もあって繁盛している様子が窺える。

「ほう、これはなかなかいい雰囲気だな」

店内を見回して月城が満足げな表情を浮かべるのを見て、櫂はほっと胸を撫で下ろした。店に足を踏み入れた瞬間、月城のイメージとはまるで正反対の店内の雰囲気に、一瞬、不安が過ったからだ。

店主に通されたのは奥の三畳ほどの座敷だった。井口の紹介ということで気を利かせてくれたらしい。

「あの、こういった雰囲気のお店で大丈夫でしたか？」

座敷に上がって二人になったのを見計らって、櫂はこそりと月城に訊ねた。

「櫂くんが私にどういうイメージを持っているのか、なんとなく想像がつくけど、こう見えてガード下の立ち飲み屋とかよく利用するんだよ」

月城はジャケットを脱いで楽しそうに答える。

「洒落た今風の店もいいけれど、歴史を感じさせる空間というのが好きでね。だから櫂くんの店を教えてもらったとき、すぐにいってみようと思った」

「そうなんですか。なんだか勝手に、高級店ばかり利用されているんじゃないかって思い込んでました」

「店構えとか、あまり気にしない性質《たち》でね。美味いものが食べられて、店員がよほどひどくない限り、細かいことは気にしないな」

英国紳士然とした容貌《ようぼう》からは想像できないが、月城が案外に庶民思考だと知って櫂はますますいい人だなと思った。

「さて、じゃあ何を食べようか。私ははじめての店では、基本店主のおすすめを頼むことにしてるんだけどね」

「じゃあ、適当に見繕ってもらいましょう。月城さん、お飲物はどうされますか？」

和気藹々《わきあいあい》といった感じで、月城とのささやかな食事会が始まる。

——ほら、やっぱりいい人じゃないか。

櫂は脳裏に膨れっ面したアメと日和を思い浮かべると、胸の中で舌を出した。

「ホッケの刺身ははじめて食べたよ。これは美味いものだね」

地元で上がる海鮮を中心に、座卓には目にも美味しそうな料理が並んだ。

月城はそれらを店主がすすめる日本酒を飲みながら、次々と平らげていく。その見事な食べっぷりもまた見た目とギャップがあって、櫂は親しみを強く感じた。

「僕もはじめてです。ウニも粒が大きくて甘い！」

「それに、このポテトサラダ。シンプルだが朴訥《ぼくとつ》とした味わいで、毎日食べても飽きそうにない。レシピを訊いたら教えてくれるかな」

けっしてお世辞ではないのだろう。その証拠に、ポテトサラダをおかわりしている。

「料理されるんですか？」

またしても意外な一面が見られるかと思ったが、月城は首を左右に振った。

「いいや、まったく。食べて飲むのが専門だ。おまけに作ってくれる人もいないレシピを教えてもらっても蘊蓄《うんちく》が増えるばかりさ」

月城は苦笑交じりに櫂を見つめ、手にした猪口《ちょこ》を口に運ぶ。

「え、そうなんですか？　モテそうなのに。月城さん」

意外に思いながら、イカのぽっぽ焼きに箸《はし》を伸ばす。

「じゃあ、櫂くんが作ってくれるかい？」

被《かぶ》せ気味に返ってきた台詞に、櫂は耳を疑った。

「……へ？」

間の抜けた声が漏れると同時に、箸からイカのえんぺら部分がポトリと小皿に落ちる。

怖々と月城を見れば、ほんのり奥まった瞳が櫂を見つめていた。

「な、……何言って……るんです」

心臓がバクバクと不規則に跳ね上がり、じわりと全身から汗が噴き出す。いったい何が起こっているのか、まるで理解できない。

「冗談だよ。櫂くん、驚き過ぎだ」

するると、月城が不意に相好を崩した。しかしそれでもなお、熱っぽい瞳で櫂を見つめ続ける。

「じょ、冗談にしても……性質が悪過ぎます。酔ってらっしゃるんじゃないですか？」

揶揄われたのだと覚《さと》って、櫂は箸から落ちたイカを拾うとサッと口に放り込んだ。醤油《しょうゆ》とみりん、そしてイカの胆の風味が口腔《こうこう》から喉へと広がるが、イマイチ味が分からない。

「櫂くんこそ、飲んでもいないのに顔が真っ赤だ。かわいいなぁ」

やはり月城は酔っ払っているのだろう。

「というか、本当にまったく飲めないのかい？」

「え、いや……。まったく飲めないわけじゃないんですけど」

混乱したままの櫂に、月城が甘えるような声音で酒をすすめる。

「だったら、少し飲んでみない？　この地酒、辛口だけどすっきりしていて喉越しもいいし、あとに残らなくて飲みやすいよ」

「え、でも……明日も仕事があるんで」

しどろもどろの櫂の手に、月城は強引に猪口を持たせた。

「なら、一口だけ。櫂くんと函館の思い出に、乾杯しよう」

――そうだった。月城さん、もうすぐいなくなるんだった。

そう思うと、一杯……いや一口ならいいかと思ってしまう。

「じゃあ、本当に一杯だけ」

言いながら猪口を差し出すと、月城は嬉々《きき》として酒を注いでくれた。

「ありがとう。受けてくれて嬉しいよ」

子どもみたいな笑みを浮かべるのを見てほっとする。

――これを飲んだら、そろそろ帰ろうって言おう。

月城が自分の猪口にも酒を注ぎ、櫂の手に近づける。

「櫂くんの健康と『蔵カフェ・あかり』のますますの繁盛を祈願して。そして、私ときみの出会いに……」

大袈裟《おおげさ》な月城の言葉に、櫂の顔は熱くなる一方だった。

「乾杯！」

「か、乾杯っ……」

互いに猪口を掲げて、見つめ合う。

「きみと……あのカフェに出会えて、本当によかった」

月城は何度も頷きながら、ゆっくりと酒を呷《あお》った。

まるで、本当に口説かれているような気分になってしまう。

「……月城さん、口がお上手ですよね」

気恥ずかしさにいたたまれなくなって、櫂はつい、猪口に注がれた酒をぐいっと喉に流し込んでしまった。

「……ンっ！」

喉を焼くような刺激に我に返っても、もう遅い。櫂は噎せつつも必死に酒を嚥下した。

「おい、大丈夫かい？　無理して飲まなくてもよかったのに」

月城がすぐにおしぼりを差し出してくれる。

櫂はそれを受け取って口許を拭うと、すぐにウーロン茶をガブ飲みした。

「す、すみません。なんだか……恥ずかしいところをお見せしちゃって……」

「気にしないでくれ。それより、本当に大丈夫？　お水、もらおうか？」

「大丈夫です。でも、もうお酒は……」

小さな猪口に一杯だけだったのに、全身が燃えるように熱い。眉間の奥がジンジンとして、心臓が震えるたびに全身の血管が脈打つのを感じる。

「具合が悪くなったら、早めに言ってくれよ？」

「分かりました。そうします……」

月城が申し訳なさそうな顔をするのに笑顔で頷く。

しかし、それからしばらく経ったところで、抗《あらが》いようのない睡魔が櫂を襲った。

ふわふわとした浮遊感が全身を包み込んでいく。

なのに、頭だけひどく重い。

「あの……を私に……って……けますか？」

月城が何かしきりに話しかけてくるが、内容が少しも頭に入ってこない。

――眠っちゃ……駄目だ。

ともすれば落ちてくる瞼《まぶた》を抉《こ》じ開けると、すぐ目の前に月城の整った顔があった。不思議なことに、いつも見ていた穏やかな微笑みはなく、口の端を引き攣《つ》らせた表情は猥雑《わいざつ》だ。

「どうだろう、駄目だろうか？」

何かを念押しするように問われて、櫂は曖昧に頷く。

「え、ええ。別に……いいです、よ」

コクンと首を立てに振って答えたところで、櫂の記憶はプツリと途切れてしまった。

「櫂、しっかりしないか！」

耳許で激しく叱責《しっせき》されて、櫂は堪らず顔を顰《しか》めた。

「う、うーん。……そんな大声出さなくても、聞こえてるよ。アメ……」

寝返りを打ち、枕に顔を突っ伏したところで、はっきりと目覚める。

「えっ、……アメ？　つ、月城さんは……っ」

ガバッと跳ね起きると、心配そうな日和と怒り心頭といった様子のアメと目が合った。

「えっとぉ……」

状況が呑み込めず、櫂は無意識に布団の上に正座する。こそりと周囲を見回すが、どう見ても家の寝室だった。掃き出し窓の外がうっすらと白んでいる。いったい、いつの間に、どうやって帰宅したのだろう。

「櫂、大丈夫か？　気持ち悪くないか？」

日和が顔を覗き込もうとするが、アメがそれを遮って口を挟む。

「あの男が酔って眠ったお前を送ってきたときは、何事かと思ったぞ」

「ごめん……」

赤い目を吊り上げるアメの前で、櫂は身体を小さくして項垂れる。文字どおり、蛇に睨まれた蛙《かえる》状態だ。

「……っていうか、なんで裸なんだっ？」

俯《うつむ》いた視線の先に自分の下半身を捉え、櫂はギョッとなって慌てて上掛け布団を手繰り寄せた。

「アメが心配して、櫂の身体を検分したんだ。アイツに変なことされていないかって」

日和が枕許に畳んで置いてあった櫂のパジャマを差し出しつつ教えてくれる。

「け、検分って……。そんなことあるはずがないだろう？」

小さな手からパジャマを受け取り、櫂は布団の中でいそいそと身に着ける。

「まるで意識のなかったお前に訊ねても埒《らち》が明かなかったのだ。まったく……鼻が曲がるほどほかの男の臭《にお》いをさせて、俺がどれだけ気を揉《も》んだか分かっているのか?」

アメはひどく不機嫌で、最初にひと睨みされたあとは目を合わせてくれない。

「いいか、櫂。もう二度とあの男と会うな。店にも入れないと約束しろ」

「言われなくても、一度きりという約束だったし……」

たった一杯の酒で酔い潰れてしまうなんて、櫂は自分でも信じられなかった。アメが怒るのも無理はない。

「それに、何かされたどころか、迷惑をかけたのは僕の方なんだから、入店拒否なんてできないよ……」

「駄目と言ったら、駄目だ。俺の櫂を呼び出して酔わせた男など、許せるワケがないだろう」

アメはまったく聞く耳をもたない。

「櫂、アメは妬《や》いてるんだ。自分が櫂と出掛けたりできないからな」

日和が肩を小さく揺らしてアメを揶揄う。

すると、アメが部屋中に響くほどの怒声を放った。

「日和っ!　お前は黙って蔵の二階に引っ込んでいろ。それとも俺の餌食《えじき》になりたいか!」

「うわぁ……っ！　そんなに怒ることないだろ」

蛇特有の「シャーッ」という威嚇音が聞こえてきそうな剣幕に、日和は捨て台詞を残して寝室を飛び出していった。

二人きりになると、いっそう部屋の空気が重くなる。

「なあ、櫂」

先に口を開いたのはアメだった。

「俺はお前が心配なんだ」

「それは、分かってる。でも……」

どうしてアメは、こんな理不尽な束縛を強いるのだろうか。

「でも、は聞かない」

キツい口調で窘《たしな》められると同時に、布団の上に押し倒された。

「い、いやだ。アメ……ッ」

着たばかりのパジャマのズボンを下ろされそうになって、櫂は手足をばたつかせる。

「なあ、櫂。どうして分かってくれない？　あの男は怪しい。腹の中が見えない。だから近づけるなと言っているんだ」

アメは櫂の抵抗を簡単に退けると、萎縮《いしゅく》した股間《こかん》へ手を伸ばした。

パジャマの下には、何も穿《は》いていない。

「やめっ……」

腰を捻《ひね》って逃げ出そうにも、浮いた腰をアメに抱え込まれてしまう。

「害のなさそうな人間なら俺も日和も、ここまで心配しない。なあ、櫂……二度とアイツと会わないと約束しておくれ」

懇願する言葉とは裏腹に、アメは容赦なく櫂の股間を弄《まさぐ》り、性器を揉みしだき始めた。

「あっ……アメ、駄目……だって」

急所を大きな手で鷲掴《わしづか》まれると、勝手に身が竦む。それと同時に、腰の奥が震えるような快感が込み上げた。

「俺に触れられるのは、満更ではないのだろう？　素直に感じていればいい」

アメはそう言うと、いきなり櫂の股間へ怜悧な顔を埋めた。

「ああ――っ！」

熱い口腔の粘膜に包まれる感覚に、櫂は背を仰《の》け反《ぞ》らせて悦《よ》がる。

ねっとりとした長い舌が櫂の勃起《ぼっき》へ巻きついたかと思うと、ぬるぬると根元から括《くび》れへと扱《しご》くように蠢《うごめ》いた。

「んあぁっ……あ、アメッ……」

電流のような快感が腰から背筋を駆け上がる。それは津波のごとく、あっという間に櫂を呑み込んだ。

アメによって快楽を教え込まれた身体は、櫂本人の意思に関係なく、さらなる快感を貪《どん》欲《よく》に求める。

「ふぅ……あ、気持ち……いぃっ」

櫂は無意識のうちに両手を伸ばし、アメの頭を抱え込もうとした。

しかし、指先に触れた感触に違和感を覚え、仰け反っていた頭をおずおずと擡《もた》げる。

「……あ」

大きく開脚した腿《もも》の間に、白い大蛇が蜷局《とぐろ》を巻き、濃い肉色をした櫂の性器へ舌を巻きつけていた。

『ハシタナイ汁ガ、モウコンナニ溢《あふ》レテイルゾ』

赤い目を爛々《らんらん》とさせた大蛇が、櫂の頭に直接囁きかける。そうするうちにも、二つに裂けた真っ赤な舌で、器用に性器を嬲《なぶ》り続けた。

「あっ……ひぁ……んあっ……やめっ、そんな……しないでっ……」

アメは赤い舌で性器を嬲るばかりで、ほかにはまったく触れてくれない。

櫂は両腿で大蛇の胴を挟みながら、丸い頭を撫で回し、腰を淫らに揺らめかせた。頭が空っぽになって、どうにかなってしまいそうなほど、気持ちがよくて仕方ない。

『アノ男ノ臭イガ消エルマデ、離サナイカラナ』

そう言うと、アメは性器に巻きつけた舌をぬるりと動かし、先走りを垂れ流す鈴口をくすぐり始めた。

「ぃ、いや……っ」

見なければいいのに……と思いつつ、目を疑うような扇情的な光景から目が離せない。

浅ましく勃起した自分の性器の先端で、禍々《まがまが》しいほどに赤い舌先が蠢いていた。

そして――。

『櫂、分カッテイルノカ？　コレハ仕置キダトイウコトヲ……』

怒気を帯びた声が頭の中に響いたかと思うと、アメは二つに割れた舌先をまとめて尖らせ、亀頭の小さな孔へ差し入れた。

「…………ッ！」

快楽などではけっしてなく、かといって痛みでもない、鮮烈な感覚が櫂に襲いかかった。

その瞬間、櫂は呼吸を忘れ、大きく胸を反り返らせた。目の前が真っ白になり、全神経が麻痺《まひ》するような感覚に声も出ない。

それなのに、舌を挿入された性器は萎《な》えるどころか、新たな刺激に硬度を増したようですらあった。

「ッ……ア、アァ……ッ」

櫂は大きく開いた口を戦慄かせ、両手両足でシーツを摑んだ。腿の間で白い巨軀がゆうらりと動くたび、性器が焼け爛《ただ》れたように熱くなる。

『櫂……櫂ッ、ドウカ俺ヲ不安ニサセナイデクレ。オ前ニ何カアッタラ、俺ハ……ッ』

アメは櫂の性器を嬲りながら、切なく懇願する。

「んあっ……はぁ、ああっ……アメ、……ご、め……んっ」

霞《かす》む視界に染みの残った天井を捉えながら、櫂は赤い双眸から大粒の涙が零れ落ちる様子を思い浮かべた。

こんなにまで、アメを心配させていたなんて、思ってもいなかった。

感情的になるあまり、アメや日和の言葉の意味を理解する努力もしないで――。

「はぁっ……イ、イ……きたいっ……。アメ、おねが……い、出した……いっ」

絶頂はすぐそこにある。

なのに、アメの舌が栓をしているせいで、吐き出したくても吐き出せなかった。

『達シタケレバ、約束ヲシテクレ。モウ二度トアノ男ト出掛ケタリシナイト』

アメの言葉に、櫂は矢も楯《たて》も堪らず叫んだ。

「や、やくそ……く、するからぁ……っ。イ、イかせて……っ」

次の瞬間、性器から焼けた楔《くさび》が引き抜かれるような感覚に襲われたかと思うと、櫂は夥《おびただ》しい量の白濁を撒《ま》き散らしながら絶頂を迎えたのだった。

その日、『蔵カフェ・あかり』は三十分ほど遅れて開店した。

おまけに、アメの淫らなお仕置きが朝まで及んだせいで仕込みが充分にできず、昼過ぎにはほとんどの軽食が品切れになるという有り様だ。

「コーヒーだけっていうのもなぁ」

客足が途絶えたところで、燿は階段箪笥に腰を下ろして溜息を吐いた。

視線の先では、日和が出窓の縁に上がって函館の街並を眺めている。

アメは出して間もないストーブが気に入ったらしく、今日は母屋から出てこない。朝晩冷え込むようになってきたため、蛇の化身であるアメは寒さも苦手なようだった。

「もう、今日は閉めちゃおうか。日和」

そう呼びかけたとき、日和が窓の向こうを見て声をあげた。

「燿！　アイツだ！」

「……え？　もしかして、月城さん？」

一瞬、アメとの約束が脳裏を過った。

だが、昨夜のお礼とお詫《わ》びをしていないことを思い出し、燿は蔵の外へ急いだ。

——伝えることだけ伝えたら、品切れを理由に帰ってもらおう。

「ああ、燿くん」

渡り廊下を下りてサンダルを履こうとしたところで、月城がくぐり戸をくぐってきた。

「昨日はあのあと、大丈夫だった？　まさか猪口一杯であんなになるなんて思っていなかったから、無理にすすめて悪かった」

月城はにこやかに櫂に近づいてくる。渋茶色の三つ揃いスーツに淡いグリーンのチーフと、今日の着こなしも隙がない。

「いらっしゃいませ、月城さん。昨日はせっかく誘ってくださったのに、あんなことになって本当にすみませんでした。うちまで送ってくださったんですよね？　そこの階段、大変だったんじゃありませんか？」

櫂は深々と頭を下げると、眉尻を下げて月城を見つめた。

「たしかに車がこの下までしか入れないのは困ったけど、きみ一人おぶって階段を上るくらい大したことなかったよ。でも、きみ、少し痩《や》せ過ぎなんじゃない？　もう少し肉をつけた方が健康にもいい」

一緒に酒を酌み交わしたせいか、月城の態度はこれまで以上にざっくばらんで、櫂は違和感を覚えた。

「いろいろとご面倒をおかけして、本当にすみませんでした。あの、昨日のお支払いとタクシー代を……」

このまま立て替えてもらっているはずの代金を支払い、事情を説明して帰ってもらおう。そんな櫂の気持ちを知ってか知らずか、月城は渡り廊下の沓脱ぎ石に向かおうとする。

「話は中で聞くよ。とりあえず、蔵へ上がらせてもらえるかい？」

言いながら、月城は馴れ馴れしく肩を抱いてきた。

「あ、あの、月城さん！」

櫂はその手をやんわり解くと、早口で捲し立てた。

「今日はもうほとんど品切れになってしまって、もう、早じまいしようとしていたところなんです」

しかし、月城はまるで問題ないとばかりに、櫂を押し退《の》けて渡り廊下へ上がった。

「コーヒーぐらいは出してもらえるんだろう？　今日は客としてきたんじゃないから、別に構わない」

下駄箱に革靴をしまい、振り返った月城の顔は、櫂が見たことのない下卑た笑みをたたえていた。

「え……」

まるで別人のような表情に、櫂は胸騒ぎを覚える。

月城は茫然として立ち尽くす櫂を残し、さっさと蔵へ入っていってしまった。

「あの、客じゃない……というのは、どういう意味ですか？」

出窓そばの円座卓に座った月城に、櫂はおずおずとカフェラテの入った湯呑みを差し出した。

「そのことだが……もっと早くに話を持ち出してもよかったんだが、こちらもいろいろと事情があってね。ところで、今日も共同経営者の彼は不在のようだね。できれば一緒に話がしたかったんだが……」

そう言うと、月城はカフェラテを二、三口啜ってから名刺入れを取り出した。

「実は、こういう者なんだ」

青みがかった名刺を差し出し、月城は再びカフェラテを口にする。

「……ぬ、ぬぇぼ……すぃーの？」

「Nuevo sueño。スペイン語で『新しい夢』という意味だ」

櫂は読み慣れない横文字の会社名に戸惑いつつ、代表取締役社長という肩書きにハッとなった。

「……えっと、社長さんだったんですね」

洒落たスーツに品のいい小物の数々は、肩書きに見合ったものだと思えば腑《ふ》に落ちる。

「町屋の一棟貸し宿泊施設を運営する会社をやっているんだ」

月城は櫂が訊ねるまでもなく、すすんで説明を始めた。

「京都のほか、鎌倉と倉敷にも事業展開していてね。この函館でも古民家を買い上げ、宿泊施設や飲食店を出店しようと検討していて、その下見で滞在していたんだ」

櫂はさっきから胸騒ぎがして落ち着かない状態だった。

月城の表情や声、仕草は、昨日までと何が変わったというわけではない。

なのに、感じる印象がまるで違う。

「昨日の居酒屋はさすがに年季が入り過ぎて、買い取っても改修費用が嵩《かさ》んで旨味《うまみ》がない。だが、この家は手入れも行き届いていて、かなりいい物件だと思う」

そこまで聞けばもう、月城が何を言おうとしているのか、櫂にも想像がついた。

「この家と蔵を売ってもらえないだろうか」

なのに、予想どおりの言葉を突きつけられると、櫂は啞然として言葉が出なかった。

「もちろん、カフェはそのままにして、櫂くんには引き続きマスターとして働いてもらいたいと考えている」

「あ、あの……。いくらなんでも、失礼じゃありませんか」

ようやく、月城の狙いが分かって、櫂は裏切られた気分だった。

「こんな騙《だま》し討ちみたいなやり方……」

すると月城は悪びれる様子もなく、肩を小さく揺らして笑った。

「こちらとしては、慎重に対応したつもりなんだけどね。これだけ状態がよくて風情のある古民家はそうそうない。おまけに座敷わらしがいるなんて、それだけで客が呼べる。焦って交渉をしたところで、きみはこうして話すら聞いてくれなかったんじゃないか？」

「たしかに、そうだったかもしれませんが……」

櫂の心情を見透かした言葉に、何も言い返せなくなる。

「きみにはとてもよくしてもらったし、納得してもらえる額を準備させてもらうつもりだ。今後のメンテナンスもすべて我が社が負担する。給与だって弾もう」

興奮気味に話し続ける月城の顔を、櫂はまともに見られなくなっていた。昨日まで、とてもいい人だと信じていた。アメや日和の言葉を聞き入れず、上辺だけ取り繕った月城に騙されていたのだと思うと、悔しさと自責の念が溢れ出す。

「どう？　悪い話じゃないだろう？　この家、譲ってもらえないかな？」

まるで玩具の交換でもするような気安さに、さすがにカッとなった。

「よく、そんなことが言えますね。この家や蔵に、僕の家族の想いがどれだけ詰まっているか、知らないわけじゃないでしょう？」

毎日、カフェに通ってくる月城に、櫂は祖父母の話を何度もしてきた。月城はその都度、穏やかに微笑んで「とても大切な場所なんですね」と言ってくれたのだ。

――あれも全部、嘘だったんだ……。

自分の浅はかさが、ほとほと嫌になる。

「祖父から受け継いだ大事な家です。どんなにお金を積まれても、絶対に手放すつもりはありません」

櫂は円座卓を軽く拳《こぶし》で叩くと、断固とした態度を見せつけた。

「うーん。それは、困ったな」

　肩を怒らせる櫂を目の前にしても、月城は態度を変えない。それどころか、威丈高に開き直った。

「なるべく穏便に進めたいと思って、きみとの距離を縮めたりしてきたんだがなぁ」

　そこにはもう、かっこいい理想の男性はいなかった。ただ見た目がイイだけの、腹に真っ黒い汚泥が詰まった男がいるだけだ。

「お前、何をしにきた……っ！」

　そのとき、アメが着物の裾を乱しながら蔵へ駆け込んできた。

　その後ろには頰を強張らせた日和がくっついている。おそらく月城がやってきたのを認め、母屋へアメを呼びにいったに違いない。日和はそのまま階段簞笥の中ほどまで上ったところで膝を抱えて座り込んだ。

　アメは銀の髪をたなびかせて月城に近づくと、むんずとスーツの胸許を摑んだ。

「昨日の夜、二度と顔を見せるなと言っただろう！　まだ櫂につきまとうつもりか！」

　怒りに我を忘れているのだろうか。アメが月城に何か言ったところで、表の腕木門を出ると忘れてしまうことをすっかり失念している。

「相変わらず無礼な人だな。昨日も櫂くんを送り届けた私に向かって、聞くに耐えない罵《ば》詈雑言《りぞうごん》を浴びせてくれたよね」

しかし、月城は再び腕木門を通ったことで、昨夜の出来事を思い出していた。自慢のジャケットの衿《えり》が乱れているというのに、月城はしれっとしたままアメを見上げる。

「昨夜のアレも立派な脅迫だって、分かってる？　ちなみに、今のこの状態も、言ってみれば暴力を振るわれそうな状況だなぁ」

月城が言わんとしていることを察して、櫂は慌ててアメに解放するように言った。

「アメ、気持ちは分かるけど、暴力だけは駄目だ」

櫂に言われて、アメが渋々といったていで月城のスーツから手を放す。

「まったく、見た目は人形みたいなのに、気性は獣みたいな男だな」

月城は乱れた衿元を直しながら呆れ顔を浮かべる。

「櫂くんに話して駄目なら、ご友人に説得してもらおうと思っていたが、これじゃあ取りつく島もない」

「だったらとっとと帰れ！　それとも、絞め殺されたいのか！」

尊大な態度を見せる月島に、アメは今にも殴りかかりそうな勢いだ。

「ほら、その言葉が脅しだと言ってるんだ。櫂くん。この男は見かけによらず頭が悪いようだな」

遠慮のない言葉にカチンときたが、櫂は平静を装って月城と向き合った。右手でしっかとアメの手に触れると、落ち着くようにと握り締める。

「何度も言ったとおり、月島さんのお話にはお応えできません」

「検討もしてもらえないのかな？」

月城の余裕綽々《よゆうしゃくしゃく》といった態度が、余計に櫂を苛立《いらだ》たせた。

櫂はアメの手をそっと放すと、大股《おおまた》で茶簞笥に向かった。そして、レジスターを開いて札を数枚取り出して茶封筒に入れた。

「これ、昨日の居酒屋の代金とタクシー代。それとご面倒をおかけしたお詫びです」

ずんずんと月城に歩み寄り、ジャケットの胸許へ茶封筒を乱暴に捩《ね》じ込んでやる。

「カフェラテのお代は結構です。ですから、今すぐ帰って……二度とこないでください」

断固とした口調で告げると、アメが無言で月城の腕を摑んだ。そして、蔵の外へ引っ張っていこうとする。

「痛いだろ！　折れたらどうしてくれるんだ！」

月城は大袈裟に痛がって叫び声をあげた。がなり声をあげて腕を振り回す姿は、まるでヤクザだ。

「アメ、いいから腕を放すんだ」

月城はどんな些細なことにでも言いがかりをつけてくるに違いない。櫂に言われて、アメは渋々といった様子で摑んだ腕を放り出すようにして解放した。

「まったく、人が穏便に済ませようとしてやってるのに、話の分からない連中だな」

月城は蔵の入口の前に仁王立ちすると、ジャケットのポケットからスマートフォンを取り出した。

「今さら『売らない』とか言ったところで、言質はとってあるんだ」

そう言うと、音声データを再生させる。

『……たら、早めに言ってくれよ？』

『分かりました。そうします……』

雑音交じりのそれには、昨夜の居酒屋での会話が録音されていた。

「いつの間に……」

酔って呂律《ろれつ》の回らない自分の声に、櫂は愕然となる。あのときのやり取りが録音されていたなんて、微塵《みじん》も想像していなかった。

『ところで、櫂くん。お願いがあるんだが』

他愛《たわい》ないやり取りが続いた後、途中から櫂にはまるで覚えのない会話が流れ始めた。

『……なんれすか？』

このころになると、櫂はまともに受け答えができていない。

『あの家と蔵を私に譲っていただけますか？』

――え？

櫂は耳を疑った。

ふとアメを見ると、驚きに赤い目を見開いている。

そして、数秒の沈黙の後、再び月城が強請《ねだ》る声が流れた。

『どうだろう、駄目だろうか？』

衣擦《きぬず》れの音がして、少しくぐもった櫂の声が続く。

『え、ええ。別に……いいです、よ』

『そうかい。あの家、譲ってくれるのか。ありが……っ』

月城の喜ぶ声の途中で、再生が中断される。

「ほら、もうちゃんと櫂くんと約束を交わしているんだ。今になって反故《ほご》になんてできないんだよ」

それ見たことかと、月城が下卑た笑みを見せつける。

しかし、櫂は怯まなかった。

「生憎ですが、そんなものは法的に無効だということぐらい知っています。反対に、酔わされて妙な契約を結ばされそうになったと僕が訴え出たらどうなるか……月城さんなら分かりますよね？」

すかさず、アメが月城の手からスマートフォンを奪い取った。

「くそっ！　何しやがる……っ」

月城は慌てて取り返そうとアメに摑みかかった。

しかし、その月城の足に、どこからともなく現れた日和がしがみつく。

「ぅわっ……っ！」

みっともない悲鳴とともに、月城は顔から畳に倒れ込んでしまった。

「なっ……なんだ？」

月城は慌てて起き上がると、鼻頭と額を真っ赤に擦りむいた顔をきょろきょろとさせる。

何故自分が転んだのか、わけが分からない様子だ。

「まだ帰らないつもりなら、警察に通報しますよ」

ここぞとばかりに櫂が迫ると、月城はアメの手からスマートフォンを奪い取って蔵を出ていった。

「あ、諦めないからなっ！　覚えてろよ……っ」

蔵の暖簾越しに月城の罵声《ばせい》が聞こえ、櫂はアメと顔を見合わせた。

「あんな見事な負け犬の遠吠《とおぼ》え、はじめて聞いたよ」

アメが可笑しそうに頷く。

「さっきまで見ていたテレビで、まったく同じことを言っているヤツがいたぞ」

クスクスと笑っていると、日和が櫂の手を握ってきた。

「櫂、大丈夫か？」

「日和、アメを呼びにいってくれてありがとう」

右手を繋いだまま、左手で頭を撫でてやると、日和は嬉しそうに目を細めた。

「それに、アメもありがとう。二人の言うことを最初から聞いていれば、こんなことにならなかった。本当に……ごめん」

素直に謝る櫂を、アメと日和は責めたりしなかった。

「俺たちも、アイツの肚《はら》の内までは見通すことができなかった。そのせいで、櫂に上手く伝えてやれずにいた。ほかに言いようがあったはずなのに……」

アメは心から申し訳ないといった顔をしていた。

「空模様ぐらい、人の心も容易《たやす》く見通すことができればいいんだが……」

日和がうんうんと頷く。

「たしかに、人の心は……本当に分からないよな」

信じて裏切られるのは、たしかにつらい。

けれど、人を信じられなくなる方が、もっとつらいと櫂は思う。

「僕はもっと二人のことを信じなきゃだめだな」

苦笑を浮かべて自省する。誰よりもそばにいて、手放しに愛情を注いでくれる二人を、どうして信じられなかったのだろう。

「本当に、ごめんよ。アメ、日和」

「謝る必要はない。何があっても、俺たちはお前を守るだけだ」

アメが日和を抱き上げ、肩へのせる。

「それだけ、分かっててくれればいいんだ」

優しく甘い瞳を細めるアメに、櫂はそっと寄り添い、頷いたのだった。

「うん、ありがとう。頼りにしているよ」

その後、月城が『蔵カフェ・あかり』に姿を見せることはなかった。音声データも、アメがスマートフォンを奪い取った際、その霊力で消してくれたという。

これでまた穏やかな日常が戻ってくるだろうと、櫂は安堵に胸を撫で下ろした。

しかし、月城を追い返した数日後、『蔵カフェ・あかり』を新たなトラブルが襲った。

場違いなチンピラ風の客や、予約もなく押しかけて何時間も居座る団体客に、いわゆるクレーマーと呼ばれる面倒な客が、毎日のように現れては、櫂や常連客を困らせるようになったのだ。

一度目や二度目までは、こういうこともあるだろうと、深くは考えなかった。

しかし、一日に何度も問題を起こす客がやってくることから、櫂は月城の嫌がらせに違いないと確信した。それ以外に、思い当たる原因がないからだ。

だからといって、坂を上ってやってくる客を選り好《え》みするわけにはいかない。その都度、できるだけ穏便に対処するしか手立てがなかった。

その結果、迷惑な客と鉢合わせするのを嫌ってか、常連客の足が少しずつ遠のき始めていた。

「最近、ママ友たちはめっきり顔を見せなくなったな」

出窓の縁に腰かけたアメが、がらんとした店内を見回しぽつりと漏らす。長着の上に縕袍《どてら》を着ているせいか、シルエットが少しもこもこしていた。アメの膝には日和がちょこんと座って昼寝をしている。こちらは一年中絣の着物姿で季節感がほとんどない。

「うん。この間、ちょっと悪そうなお客様に『子どもがうるさい』って怒鳴られてたから、しばらくはきてもらえないんじゃないかな」

座卓を一つずつ拭《ふ》いていきながら、櫂は知らず溜息を吐いた。

するとそこへ、瑠菜が息せき切って蔵へ駆け込んできた。

「こんにちは、櫂さん！」

ニット帽を目深に被り、頬を赤く染めている。外は随分と冷え込んでいるのだろう。

「いらっしゃい、瑠菜ちゃん。そんなに慌ててどうしたんだい？」

笑顔で出迎えた櫂に、瑠菜は「笑ってる場合じゃないわよ」と表情を険しくした。

「櫂さんのことだから、グルメサイトのレビューとか見てないと思うけど、大変なことになってんの！」

瑠菜はスマートフォンを取り出すと、画面を何度かタップしてから櫂に見せた。

「ほら、ここ！　この店のひどいレビューが毎日書き込まれてるの。ほかのグルメサイトとかSNSでも、最近になって『蔵カフェ・あかり』を叩いてる人が増えてきてる」

　櫂は目を疑った。瑠菜に見せられたレビューや記事が、どれも嘘ばかりだったからだ。覚えのない注文ミスやクレームのほか、店にないメニューの悪口まで書かれている。

　これも月城の仕業だろう。

「そんな……」

　櫂の脳裏に、忌わしい記憶が甦る。

　全身に震えが走り、櫂は腰が抜けたようにその場に蹲ってしまった。

「え、櫂さん？　大丈夫？」

　瑠菜が驚きながらも背中を摩《さす》ってくれる。

「大丈夫。ちょっと立ち眩《くら》みがしただけだから……」

「どうしたのだ、櫂」

　慌てて駆け寄るアメに、瑠菜がスマートフォンを見せた。

「このお店や櫂さんのこと、滅茶苦茶《めちゃくちゃ》に叩かれてるの」

「……」

　アメは無言で画面を凝視していた。その表情には怒気が溢れている。口にこそしないが、胸の中では月城に向かって罵声を浴びせているに違いなかった。

　櫂はゆっくりと深呼吸すると、笑顔で瑠菜に礼を言った。

「わざわざ知らせてくれてありがとう。あまりひどくなるようだったら、ちゃんと対処するから心配しないでいい。あと、瑠菜ちゃんからこういう人たちにコメントつけたりするのは、絶対にしないって約束してくれるかな」

ネットの誹謗中傷《ひぼうちゅうしょう》に反論したところで、騒動が収まるどころかさらに炎上することを、櫂はすでに経験している。そのことで瑠菜にまで迷惑がかかるのだけは避けたかった。

「分かりました。そのかわり、サンドイッチセットとフィナンシェ、毎日食べにきますね。友だちもいっぱい連れてきます」

心強い言葉に胸が熱くなる。

「ありがとう」

櫂は瑠菜にそう言ったが、その日を境にカフェを訪れる客はさらに激減した。

レビューサイトの口コミもひどくなる一方で、一件一件、削除要請を出しても追いつかず、いたちごっこの様相を呈するだけだった。店のページそのものを削除してもらっても、どういうわけかまたすぐ『蔵カフェ・あかり』のページができるのだ。

——まさか再び、東京で味わった痛みを味わうことになるなんて……。

さすがに、落ち込んでしまう。

しかし、あのころの自分とは、違う。櫂はそうはっきりと自覚していた。

アメと日和の存在が、櫂を強くしてくれたのだ。

「正々堂々、訴えようと思う」

ある定休日の昼下がり、櫂は母屋のストーブの前でアメと日和にそう告げた。

ネット上の書き込みが嘘であることは、調べればすぐに証明できるだろう。もしかしたら架空の会社かと思われた月城の会社は実在していたので、相手の居場所もすぐに確定できる。

「泣き寝入りはしたくない。けど、これだけのことを仕掛けてくる相手に、素人だけじゃ太刀打《たちう》ちできない。嫌がらせをやめさせるには、然《しか》るべきところへ相談して……」

すると、アメが櫂の言葉を遮った。

「何を生ぬるいことを言っている」

アメはすっかり愛用するようになった褞袍を着込んだまま、赤い目をギラつかせた。

「ああいう人間は本気で痛い目に遭わないと反省などしない。中途半端な制裁を与えたところで、櫂……お前を逆恨みするだけだ」

「おれもあんな人間、何人も見てきたけど、悪いヤツほど自分が悪いと思わないんだぞ」

日和がうんうんと頷いて同意する。

「じゃあ、どうすればいいと思う?」

櫂は二人の意見を聞いて、対策を決めようと思っていた。

「簡単なことだ。二度と櫂とこの家に手を出そうなどと思わないよう、死にそうな目に遭わせて恐怖を植えつけてやればいいのだ」

あまりにも抽象的な答えに、さすがに櫂は不満顔を浮かべた。

「言いたいことは分かるけど、具体的にはどんなことを？」

たとえ月城をどんな恐ろしい目に遭わせたとしても、きっぱり諦めさせるような方法でなければ意味がない。

「そこは、俺と日和に任せておけばいい」

「おれ、人間を驚かせるの得意だからな」

二人が顔を見合わせる。

「僕は蚊帳《かや》の外ってことかい？」

不満げに問いかけると、アメが穏やかに微笑み、手を伸ばして櫂の頭を撫でた。

「俺と日和とで、お前を守りたいのだ。任せておけばいい」

まっすぐ赤い瞳に見つめられ、櫂はコクンと頷いた。

「分かった。でも、僕だって当事者だし、守られてばかりは嫌だ。何かできることがあったら言ってくれよ？」

すると、アメのかわりに日和が答えてくれた。

「櫂を一人だけ仲間外れにしたりしない。ずっと一緒だからな」

小さな手を伸ばし、櫂の少し乾燥気味の手を握ってくれる。

「うん、三人で戦おう。この家のために……」

そう言うと、櫂は両腕を伸ばして二人をそっと抱き寄せた。


数日が過ぎた日曜のことだった。

昼どきだというのに閑古鳥が鳴く『蔵カフェ・あかり』に、しばらく姿を見せていなかった月城がやってきた。

「ランチのサンドイッチが余って大変なんじゃないか？」

がらんとした店内を見回して嘲笑《あざわら》う月城を、櫂は無言で睨みつける。

上質な三つ揃いのスーツに目を引く顔立ちを目の前にしても、もう欠片ほども憧れを感じなくなっていた。

「毎日、品切れになるほど繁盛していたのに、とんだていたらくだなぁ」

月城は肩で風を切るようにして、櫂に近づいてくる。ニヤついた表情にすかした態度は、やはりヤクザのようだ。

こんな男をカッコイイと思っていたなんて、櫂は自分が恥ずかしくなった。

「世間の評判も下がる一方のようだし、こんな状況じゃやっていけないだろう？」

嫌みたらしく言って、月城は出窓の円座卓に陣取るように腰を下ろした。

「二度と顔を見せないでくれと、言いましたよね」

きつく月城を見据えながら、櫂は日和の気配を探る。すると、日和はなんと円座卓の下に身を潜めていた。櫂にはその姿が見えているが、月城は当然気づいていない。

アメはといえば、今年一番の冷え込みとなった今日、母屋のストーブの前からテコでも動かないという様子だった。

「そろそろ音を上げるころじゃないかと思って、わざわざきてやったってのに、随分な態度だなぁ。櫂くんよ」

馴れ馴れしい態度に、悪寒が走る。

そのとき、月城が胡座《あぐら》をかいた円座卓の下から、可視化した日和がヌッと顔を覗かせた。

いきなり足許に顔だけを見せた怪しい子どもの姿に、月城はギョッとしたまま絶句する。

「……ッ！」

櫂は日和の姿が見えていないフリをして、月城に帰るよう言い募った。

「音を上げる？　どういう意味か分かりませんね。僕にはもうあなたと会う理由がありません。さっさと帰ってください」

櫂が立っている場所からも、日和の顔ははっきり見える。

「お、お前……これ、なんだ……」

突然現れた子どもの姿に驚かないどころか、まるで見えていないように振る舞う櫂に、月城は戸惑いを隠せないようだった。

「は？　何を言っているんです？」

「ざ、座敷わら……しが、そ、そこに……っ」

日和の顔を指差す月城の声はみっともなく震えていた。

「座敷わらし？　なんの冗談ですか。そんなものいるわけがないでしょう。あなただって、何か仕掛けがあるんじゃないかと疑っていたじゃないですか」

「け、けどそこに……っ」

月城が声を張りあげた瞬間、アメはその姿を一瞬で消した。といっても、櫂には日和の動きがはっきり見えている。

日和はわざとドタドタと足音を立てながら、円座卓の周囲を駆け回った。

「な、なんだ、この足音……っ。お、お前にも……聞こえるだろう？」

月城はもう半ば、パニック状態だ。

「僕には月城さんの声しか聞こえませんけど。もしかして、幻聴じゃないんですか？」

揶揄うように言うと、馬鹿にされたとでも思ったのだろう。

月城はバン、と円座卓の天板に掌を叩きつけると、血走った目で櫂を睨んだ。

「クソッ、馬鹿にするなよ。座敷わらしがいるならいるで、それだけここの価値が上がるってもんだ」

そう言って持参したビジネスバッグを円座卓に置いたかと思うと、中から帯のついた一万円札の束を次々に積み上げた。

すぐ真横で日和が姿を現しても、目をそらして無視を決め込んでいる。

「おい、金ならこのとおりちゃんとあるんだ。いくらなら譲ってくれる？」

額から汗を流しながら顔を引き攣らせる月城に、櫂は侮蔑《ぶべつ》の眼差しを向けた。

「お金の話じゃないんです。……いったい何故、そこまでこの家にこだわるんですか？函館には売りに出されている古民家がほかにもあるじゃないですか」

「座敷わらし付きで蔵のある年代物の古民家なんて、そうそうないんだよ！　しかも、この土地は昔水神の神域だったらしいじゃないか。ついでにパワースポットとして売りに出せば全国から客が集まる。ただのカフェなんかにしておくには、勿体ない物件なんだよ」

月城がとうとう本音を漏らした。雰囲気がいいだの、夢がどうだのと言いながら、結局は金儲《かねもう》けの道具にしたいだけなのだ。

祖父母の思い出が詰まったこの家を、そんな男に手渡して堪るかと櫂は改めて思った。

「櫂、いやだ。おれは……この家が、そんなふうになるのは嫌だ」

日和が涙を浮かべ、櫂に駆け寄ってきた。

月城には、日和の声が聞こえていないらしい。姿を消した座敷わらしを探してか、きょろきょろとあたりを見回している。

「今の話を聞いて、あなたにだけは絶対に譲らないと決めました」

それでも、月城は諦めない。

「だったら、手放したくなるような話をしてやろうじゃないか」

月城の顔が醜悪に歪むのを認め、櫂はふと嫌な予感を覚えた。

「毎日ここに通っている間、部下にお前のことを調べさせていたんだ」

「……あ」

サッと血の気が引いていく。手の指先が急速に冷たくなって、月城の声が遠く聞こえた。

「お前、ゲイなんだってな。しかも東京で名の知れたバリスタだったらしいじゃないか」

月城は櫂が東京で勤めていたカフェを辞めた経緯をすべて調べ上げていた。それどころか、かつて取材を受けたときの雑誌や、インターネット上に残っていた写真まで保存しているという。

「このネタをもう一度世間に流したら……どうなるだろなぁ？」

櫂の脳裏に、最悪の展開が浮かんでは消えていった。

この店はもちろん、函館で新しく知り合った人たちもショックを受けるだろう。以前勤めていたカフェや家族にも、再び迷惑をかけることになるかもしれない。

絶句して項垂れる櫂に、月城は追い討ちをかけるように告げる。

「潰そうと思えば、こんな店すぐに潰せるんだぜ。ゲイバレして田舎に逃げてきた、淫乱《いんらん》ビッチの店だってな」

月城はゆっくりと立ち上がると、札束を一つ手にして櫂に歩み寄った。

「なあ。俺だってできるだけ穏便に済ませたいんだ。おとなしく譲ってくれよ」

札束で櫂の青ざめた頬を撫でながら、月城が煙草《たばこ》臭い息を吐く。

そのとき、日和が再び姿を見せ、月城の足にしがみついた。

「櫂を虐《いじ》めるな!」

叫ぶとともに、スラックスの上から思いきり噛みつく。

「いってぇーっ! 何しやがる、この化け物が——ッ!」

月城は札束を投げ捨てると、日和に向かって拳を振り上げた。

「日和……っ!」

日和の名を呼ぶと同時に、身体が勝手に動いていた。櫂は日和を抱き締めると、月城の拳を背中に受けて畳に倒れ込んだ。

「クソッ。どいつもこいつも、馬鹿にしやがって……っ」

月城が唾《つば》を吐き、さらに殴りかかろうとする。

櫂は日和を抱いたまま身体を丸め、月城をきつく睨みつけた。

「こんなことをしてこの家が手に入ると思ったら大間違いだぞ!」

殴られた背中がズキズキと痛んだ。激しい緊張のせいか、目に涙が滲む。恐怖心がないといえば、嘘になる。殴り合いの喧嘩なんて生まれてから一度もしたことがないのだ。

それでも——。

アメや日和が身を挺《てい》してまで櫂を守ってくれるというのなら、自分も二人を守りたい。

守られてばかりじゃ、駄目だ。

ましてや、逃げてばかりじゃ……いつまでも自信がもてない。

ここぞというところで、踏みとどまる力が欲しい。

傷つくことを恐れず、自分らしく、自信を持って生きるために——。

「バラしたいなら、好きにするといい」

櫂は月城を睨んだまま、思いきり声を張りあげた。

「僕は、何も恥ずかしい生き方はしていない！」

月城は櫂に気圧《けお》されてか、言い返すこともできないようだった。

「穏便に済ませたいのは、僕だって同じだ。けれど、これ以上、僕や僕の大切な人たち、大切な家に危害を加えるなら、あなたがしてきたことをすべて訴え出てやる」

「……な、んだと」

月城が怒りに顔を赤く染める。額には血管が浮き上がっていた。

「黙って聞いてりゃ、好き勝手言いやがって……」

そうして、振り上げた拳を櫂の顔に向かって叩きつけた。

『俺ノ櫂ニ、何ヲスルツモリダ……ッ』

そのとき、地鳴りのような低音が響いたかと思うと、白い大蛇が突如として現れた。

そして、目を剝いて絶句する月城に、白く艶やかな肢体を巻きつける。

「な、なん……だっ」

月城は抗う隙も与えられないまま、直立した格好で締め上げられ、やがて顔だけが見えるのみになった。

櫂は日和を抱いたまま、鎌首を擡げて月城を威嚇する大蛇へ呼びかける。

「……アメ！」

白蛇――アメはゆっくり振り向くと、アメと日和に向かって静かに頷き、再び月城の眼前で赤い大きな口を開いた。

『俺ノ愛スル者ヲ傷ツケテ、タダデ済ムト思ウナヨ』

大きく裂けた真っ赤な口から、鋭く尖った白い牙《きば》が覗く。

「ひっ……や、いやだ……。たすっ……助け……っ」

さっきまでの威勢が嘘のごとく、月城は涙を流して助けを求めた。声はか細く、見開かれた瞳は正気を失い、顔中ダラダラと大粒の汗が噴き出している。

『知ラン』

アメは言葉短く拒否を告げると、ゆっくりと太く長い胴体で月城を締めつけ始めた。螺《ら》旋《せん》階段のように巻きついた身体が動くたび、白く鱗が光り、ギリギリと肉が引き締まるような鈍い音が聞こえてくる。

「ひぎっ……ぅう、うぐっ……く、苦しっ……い、助け……っ」

『戯言《たわごと》ヲヌカスナ。誰ガオ前ノヨウナ男ヲ助ケルモノカ』

アメは容赦なく月城の身体を締めつけていく。絶望に歪む月城の顔の前で、赤い舌がチロチロと揺れるのが妙に艶《なまめ》かしい。

「ッ──────！」

やがて、月城は声にならない絶叫を放つと、すぐに意識を失った。首がカクンと折れて脱力する様は、糸が切れた操り人形を思わせる。

月城の変化に気づいたアメは、身体の動きを止めると、大きな口を開けて月城の頭を呑み込もうとした。

「だ、駄目だ！　アメ──ッ」

その瞬間、櫂は日和を腕に抱いたまま立ち上がった。そして、どすんと白い巨軀に体当たりして大声で叫ぶ。

「アメ、もう充分だから、やめてくれ……っ。それ以上やったら──」

──死んでしまう。

こんなくだらない男のために、美しく優しい水神を穢《けが》したくはない。

びかけた。

櫂は白く滑らかな鱗をまとった身体を拳で叩きながら、鎌首を擡げたアメに向かって呼

「僕も日和も大丈夫だから、それ以上ひどいことはしないでくれ」

懇願する櫂の声が届いたのか、アメはゆっくりと首を向けると、徐々に頭を下げてきた。

『オ前ヲ騙シ、コノ家ヲ奪オウトシタ揚句、オ前ト日和ヲ傷ツケタンダゾ？』

アメは不満をあらわに首を左右に大きく揺らした。

「もう充分、懲らしめてやっただろう？　これだけの恐怖を植え込まれたら、きっと二度とこの家を手に入れようなんて思わない」

『モシ、懲リズニマタ手ヲ出ソウトシタラ……？』

「そのときは、今度こそ真っ向勝負して、訴えてやるさ」

櫂が自信満々に答えると、アメはようやく失神した月城の身体を解放した。

「なあ、アメ。コイツ、ちゃんと生きてるんだろうな？」

畳に横たわる月城の顔を覗き込み、日和が訊ねる。

月城は顔面蒼白《そうはく》のまま、白目を剝いて気を失っていた。

「大丈夫。脈はあるし、息もしてる」

櫂が月城の首筋に触れて答えると、日和はほっと溜息を吐いた。

すると、アメは尻尾《しっぽ》の先で月城の身体を蔵の隅へと押しやり、ずるずると櫂を囲うよう

に蜷局を巻いた。

『何故モット早ク、俺ヲ呼バナカッタンダ』

赤い舌をチロチロと出して文句を言うアメに、櫂と日和は顔を見合わせる。

もし、月城がやってくるようなことがあったら――。

櫂たちは、その日がそう遠くないうちにやってくると確信して、作戦を練っていた。

きっと月城は櫂が弱音を吐くころを見計らって、もう一度、交渉に訪れるに違いない。

それも、ほかに客がいないときを狙うだろう。

そのときは、月城に日和だけでなくアメの本性を見せて脅かし、簡単には消せないほどの恐怖を植えつけて追い返す――という作戦だった。

『アノ男ガキタラ、スグ俺ニ知ラセル手筈《てはず》ダッタハズダゾ？』

アメは蔵から不穏な空気が漂ってくるのに気づくまで、何も知らずに母屋でストーブにあたっていたらしい。

『俺ガ気ヅカズニイタラ、ドウナッテイタカ……』

アメが鼻先を櫂の頭にコツンとぶつける。

「話して分かってもらえるなら、それがいいと思ったんだ」

できるだけ穏便にカタをつけたい。それが櫂の本音だった。

『マックク、櫂ハ甘イ……』

蛇の姿だが、アメが苦虫を嚙み潰したような表情を浮かべたのが櫂には分かった。

「なあ、なあ。それよりコイツ、どうするんだ?」

日和はもうすっかりいつもの無邪気さを取り戻して、伸びている月城の脇腹を指で突いたりしている。

「少し段取りが変わったけど、予定どおりでいいんじゃないかな」

櫂がアメを見上げてそう言うと、白い大蛇は赤い口を開けて頷いた。

口を広げて牙を覗かせた様は、まるで笑っているように見える。

『コノ男ニハ、水神ガ夜毎、悪夢トナッテ現レルヨウ呪《のろ》イヲ施ス。ドレダケトキガ過ギヨウト、ケッシテ消シ去ルコトノデキナイ恐怖ヲ刻ミツケルトトモニ、櫂トコノ家ニカカワル記憶ヲ消シ去ッテヤルノダ』

アメは「シャーッ」という威嚇音を発しながら、ゆっくり月城へと近づいていった。白い巨軀をくねらせ、悠々と畳の上を這《は》う様子は、現実のものとは思えない不思議な光景だ。

やがてアメはジリジリと周回する範囲を狭めていくと、意識のない月城に身体を巻きつけて覆い隠した。しきりに「シャー、シャー」という音が聞こえ、白い尾の先が小刻みに揺れる。

なんともいえない異様な光景を、櫂と日和はいつしか無言で見守っていた。

そうやって、二十分ほどが経っただろうか。

アメが拘束を解いて離れると同時に、月城がパッと目を覚ました。しかし、その目はどこか虚《うつ》ろで焦点が合っていない。月城は誰に何を言われるでもなく立ち上がると、夢遊病者を思わせる足取りで蔵から出ていってしまった。

「……えっと、終わったのかな？」

静かに櫂のもとへ戻ってくる白い蛇に向かって問いかける。

『アア。コレデモウ二度ト、アノ男ガ姿ヲ見セルコトハナイ』

アメの答えに、日和が跳び上がって喜んだ。ジャンプするたび、リボン結びにした兵児《へこ》帯《おび》が背中で揺れるのがなんともかわいらしい。

「やった！　これでもうあのいけ好かない男の顔、見なくて済むんだな。あと、変な客もこなくなるぞ！」

蔵の中を所狭しと駆け回る日和の笑顔に、櫂はようやく心からの安堵を覚える。

「よかった……」

口に出すと、やっと終わったのだという想いが溢れ出し、鼻の奥がツンとなった。

『櫂、オ前ガ無事デヨカッタ』

アメが抱き締めるように身体を巻きつけてくる。

ひんやりとした鱗の感触を掌で確かめながら、櫂はふと疑問を思い浮かべた。

「アメ」

静かに呼びかけると、アメが長い首をまわしてきて正面から見つめてきた。

日和が何事だろうという表情で、とことこと近づいてくる。

「ちょっと気になったんだけど、さっきからずっと蛇の姿でいるのは何故なんだい？」

不意に投げかけられた問いかけに、アメは赤い瞳を瞬かせた。瞼ではなく瞬膜《しゅんまく》と呼ばれる眼球を保護する半透明の膜をしきりに上下させる。

『簡単ナ理由ダ。コノ姿ノ方ガ霊力ガ強マルダケノコト』

端的に説明すると、アメは櫂の細い身体をやんわりと締めつけた。

「なるほど……」

櫂は日和が妖力を失いかけたときのことを思い浮かべていた。あのときも、アメはこの土地の気を集めるため、蛇に変化したのを思い出す。

櫂と契って人の姿を手に入れたとはいえ、本性が蛇であることに変わりないのだろう。熱さや寒さが極端に苦手なのも、蛇の生態の表れに違いない。

「それにしても、すごいな。アメは」

いったいどのようにして、人の記憶をいじったり、夢を操ったりできるのだろうか。

アメはやんわりと櫂に白い身体を巻きつけて抱き締めると、頬を撫でるように赤い舌を這わせる。

『衰エタトハイエ、何百年モコノ地ヲ守ッテキタ土地神ダ。昔ホドノ力ガアレバ、アンナ男ノ正体ヲスグニ見抜キ、コノ地ニ近ヅケズニ始末デキタノダ。……アア、今、思イ出シテモ腹ガ立ツ。俺ノ櫂ニ気安ク触ッタバカリカ、怪我《けが》マデサセタアノ男……ッ』

興奮が鎮まらないのか、アメは大蛇の姿のまま月城への憤りを吐露し始めた。

『イッソ、縊《くび》リ殺シテヤリタカッタ……ッ』

物騒な言葉を口にするアメの白い腹に、櫂はそっと手を添えた。

「アメがそこまで怒る気持ちは分かる。でも僕は、あなたに人を殺《あや》めてほしくない。思い上がりかもしれないけれど、僕のためにアメが道理から外れるなんて我慢できないんだ」

櫂はアメに体重を預け、静かに目を閉じた。

「櫂？　泣いてるのか？」

下の方から、日和が心細そうに訊ねてくる。

櫂は目を開けて視線を向けると、日和に手を伸ばした。そして、小さくてやわらかい手をとると、笑いかけてやる。

「泣いていない。でも、アメと日和のことを考えると、どうしようもなく泣けてくる」

素直に答えると、日和が力強く手を握り返してくれた。

「馬鹿、泣くな。櫂が泣くと、おれも泣きたくなるから、泣いちゃダメだ」

そういう日和の目には、すでに大粒の涙が浮かんでいる。

すると、涙ぐむ二人の間に、ぬっとアメが頭を割り込ませてきた。

『泣クナ、二人トモ。コウイウトキハ空ヲ見上ゲテ笑ウンダ』

アメに言われて、全員で顔を見合わせる。

そうして、同時に視線を移した先には、大きな出窓があった。

函館の街と港を一望できる窓からは、真っ青な秋晴れの空が広がっている。

「きっと僕一人じゃ、守れなかったと思う」

櫂は二人に出会えたことに、その幸運に、心から感謝していた。

『ソンナコトハナイ。俺タチコソ、ナルベク事ヲ荒立テタクナイトイウ、櫂ノ意思ヲナカナカ尊重シテヤレズ悪カッタ』

アメが甘えるように白い鼻先を擦《こす》りつけてくる。

「ううん。僕のやり方じゃ、もっとひどい状態になっていたと思う。それこそ、この家だって奪われていたかもしれない。だから、アメと日和がいてくれて、僕は本当によかったと思っているんだ」

白く平たいアメの頭を抱きかかえるようにすると、櫂はときどき赤い舌がチロッと現れる口許へ唇を押しつけた。

次の瞬間、巨大な白蛇の姿が消えたかと思うと、紬の長着に褞袍を重ね着したアメの姿が現れた。

「……え、アメ?」

「戻った、な」

アメもきょとんとして目を瞬かせる。

すると、口づけの瞬間を見ていた日和が途端に駄々をこねだした。

「あーっ！　いいな、いいな！　アメばっかり褒美をもらって、狡《ずる》いぞ！」

「大丈夫だよ」

櫂はもう一度アメの薄い唇に口づけると、日和を見つめ微笑んだ。不思議と気恥ずかしさは感じない。

「日和には特製のフィナンシェを焼いてあげる」

「ほんとか、櫂？　うわぁ、楽しみだなぁ！」

はしゃぐ座敷わらしの手を握り、水神の化身である白蛇に身体を預ける。

そうして、櫂は命がある限り、アメと日和のため自分に何ができるかを考えながら生きようと誓った。


その日、早々に店を閉めた櫂は、アメと日和とともにフィナンシェを焼いた。『蔵カフェ・あかり』定番のプレーンをはじめ、日和の大好物であるみたらし餡《あん》をかけて食べる試作品など、数種類が焼き上がると、甘く濃厚な匂いが台所ばかりか家中に漂った。

「なあ、櫂。この匂いが幸せの匂いってやつなんだろうな」

焼き上がったばかりのフィナンシェに、祖母のあかりのレシピを再現したみたらし餡をたっぷりとかけ、日和が美味しそうに頬張る。

「幸せの、匂い……か」

櫂がぽつりと呟く。

「身体がぽかぽかとしてくる、いい匂いだな」

優しく囁きかけるアメに背中から抱き締められ、櫂はうっとりと目を閉じたのだった。


「待って……アメッ。ちょっ……あ、ぅんっ」

月城に姿を見せた上で大立ち回り……というほどではないが、健気に櫂を守って戦ったせいだろう。よほど疲れていたのか、日和はご褒美のフィナンシェを食べるとすぐに眠ってしまった。

その日和を蔵の小部屋へ寝かせて戻ってきたところを、櫂はアメに無言で押し倒された。

「櫂……。俺の櫂……。本当に無事でよかった」

喘ぐように名前を呼んで、アメはいつもながらの手つきで櫂を裸にしてしまう。

「ぁ……どぅした……んだよ。アメ」

性急に求められて、櫂はまだ戸惑っていた。

ついさっきまで日和と一緒《とも》に和気藹々とした時間を過ごしていたのに、いったい何がきっかけで彼の劣情に火を点してしまったのだろう。

「お前を抱くのに、理由が必要か？」

アメはカマーベストやシャツ、スラックスなどを順番に投げ捨てると、自身も全裸になって櫂に覆い被さってくる。

「あっ……。り、理由……とかじゃ、なくて……」

ストーブで充分過ぎるほどあたためられた居間にいても、アメの肌はひんやりとして冷たかった。

「これでも、ずっと辛抱していたのだ。だが、もう……どうにも我慢が利かない」

アメはすでに充分過ぎるほどに勃起した性器を、櫂の太腿《ふともも》に擦りつけながら喉を喘がせている。白く透きとおった肌はうっすら上気して、ひどく興奮しているのが分かった。

「ハアッ……櫂っ。好きだ……どうしようもなく、好きで堪らない……っ」

胸を重ね、アメが櫂の唇を覆う。乱暴に舌を差し込んできたかと思うと、すぐに櫂の舌をきつく吸い上げた。

「んっ……っ」

舌が引っ張られると、腰の奥がジリジリと焼けるように疼《うず》く。性器が硬く張り詰め、アメの割れた腹を先走りで濡らすのが櫂にも分かった。

「櫂……っ」

アメは何度も繰り返し櫂の名前を呼んでは、顔や首筋、肩、胸へと口づける。長い舌が乳首に絡みついたかと思うと、勃起した性器の根元に巻きついた。

器用な手で脇腹や太腿、腕の内側を撫でられ、櫂はだんだんとどこに触れられているのか分からなくなってしまう。

「ア、アメッ……」

はじめての夜を思い起こさせる、性急で余裕のないセックスに、櫂はあっという間に没頭していった。とにかく、アメに触れられると、どこもかしこも気持ちよくて堪らない。

「あぁ、もっと……胸の……触って」

いつしか自ら胸への愛撫を強請るほど、アメとのセックスに侵されてしまっていた。身体に直接与えられる快感と、自分だけがアメを生かすことができるというある種の優越感が櫂を満たす。

「櫂……っ。俺はお前のためなら、人にも……鬼にもなれる——」

細身の性器の根元から先端へと舌を這わせながら、アメが低く呟いた。両腕で櫂の腰を浮かせて勃起を咥《くわ》えつつ、赤く潤んだ瞳で櫂の痴態を観察している。

「ア、メ……ッ」

ルビー色の瞳に見つめられるだけで、櫂は肌が戦慄くの感じた。ひやりとした手で触れられると、そこだけ発火したように熱くなる。

「俺の……櫂っ……」

切なげに目を細めるアメに、櫂はそっと手を伸ばした。長い銀の髪が乱れて、ひどく艶かしい。その髪を指で梳《す》いてやりながら、喘ぎ交じりに囁き返す。

「ぼく……の、アメ……っ」

人を縛りつけるのは、傲慢《ごうまん》なことだと思っていた。

けれど、互いに想い合い、情を交わし、身体を繋いで結ばれることは、縛りつけることとは違うのだと、今、はじめて知ったような気がする。

「……き」

全身が快感で痺れるのを感じつつ、櫂は無意識に唇を動かした。

「アメが、すき……だよ」

左の眦から、涙が溢れ出す。

「――櫂」

瞳を見開いたアメが、ゆっくりと顔を覗き込んできたかと思うと、再び互いの唇が重なった。舌を差し出し、唾液《だえき》を絡め、交換して嚥下する。

「ふっ……ぅ」

脳が融けてしまいそうな快感に、櫂は自覚のないまま射精していた。

「櫂、そんなに気持ちよかったのか?」

アメがふわりと嬉しそうに微笑む。

その笑顔を目にしただけで、櫂はまた達してしまいそうになった。

「もう……はやく、アメと一つに……なりたいっ」

このまま自分ばかりイかされるのは、なんだか寂しい。

櫂はアメの肩に腕をまわすと、背中を浮かせてキスをした。

「あ、櫂……っ」

何故か、アメが小さな悲鳴じみた声を漏らす。

次の瞬間、作りものめいた怜悧な容貌が、白光りする大蛇の顔へと擦り変わっていた。

「え……」

目の前で人から蛇へと変化したアメに、櫂は思わず絶句する。

アメは赤い舌をチロチロさせながら、それでも腹を使って櫂の尖った乳首を刺激し続けた。尾の先ですべすべとした櫂の脛《すね》を愛撫しつつ、じりじりと腿を割り開いていく。

『オ前ガ、アンマリカワイイコトヲ……言ウカラ――』

昂《たかぶ》りが抑え切れず、アメは再び本性を現してしまったらしい。

理性が利かない――と言ったのは、本当だったんだ。

毎夜のセックスでは、櫂はいつもアメに翻弄されてばかりだった。

こんなに余裕のないアメは、それこそはじめての夜以来だろう。

「いい、よ」

櫂は白い蛇の頭を抱え込むようにすると、赤く丸い目許へ唇を寄せて囁いた。

「アメの……本当の姿で、抱いてほしい」

『ダガ、ソレハ……』

アメが躊躇うのに、櫂はすっと右手を伸ばして、自分の脇腹あたりにある異物に触れる。

「……ッ！」

ビクッと、アメの身体が大きく跳ねた。そして、頭をフルフルと振って、櫂の左腕から抜け出すと、なんとも情けない目で見つめてくる。

『タ、櫂……ッ』

櫂が触れたのは、アメの生殖器だ。腹から飛び出した大きな異物は、トゲトゲとした突起物に覆われて二つに分かれている。

「なんだよ。はじめてのときは、全然、遠慮なんかなかったくせに」

ぬるっとした生殖器にそっと触れたまま、櫂はクスッと笑った。その間も異形の生殖器は大きさを増していく。アメがどれだけの欲望を抑え込んでいたのかと思うと、胸が切なく軋《きし》んだ。

「もう一度、アメと契りたい。今度こそ、正真正銘、僕をアメのものにしてくれないか」

『タ、ク――――ッ』

帰ってきた返事は、上擦って掠れた、歓喜の雄叫《おたけ》びに聞こえた。

アメは箍《たが》が外れたかのように、本能のまま櫂を抱き求めた。

小柄な身体に白い肢体を絡ませて、畳の上をゴロゴロと転がりながら、尾の先で櫂の窄《すぼ》まりを解《ほぐ》していく。

「そ、んなの……もぉ、いらない……からっ」

毎晩の営みで、櫂のそこはもうすっかりアメを呑み込む術を覚えている。今さら念入りに解さなくてもいいのにと、櫂は焦《じ》れったく思った。

『駄目ダ。俺ノモノヲ受ケ入レルナラ、イツモ以上ニ念入リニ解キホグサナクテハ傷ツケテシマウ』

だからといって、尾で後孔を抉《えぐ》られると、中途半端に快感を与えられるばかりで物足りない。腰が勝手に小刻みに前後して、アメの白くてやわらかな蛇腹に、性器の先端を擦りつけてしまう。

「でもっ……もう、我慢……できないっ。アメ、お願いだから……挿《い》れてほし……ぃ」

蜷局の中心から上目遣いに訴えかけると、アメは観念したのかそろりと尾を櫂の尻から引き抜いた。

「……ンんっ」

その刺激すら、今の櫂には甘い愛撫だ。張り詰めた性器の先端から、先走りがとぷりと流れ出てしまう。

『本当ニ、イインダナ？』

アメが櫂の尻朶《しりたぶ》に二つの性器を押しつけながら念を押す。

櫂は自ら尻を突き出して、無言でうんうんと頷いた。

『……デハ、モウ遠慮ハシナイ』

櫂の耳許へ囁きかけたかと思うと、アメは一気に生殖器の一つを尻の狭間に押し込んだ。

「ヒッ……ィ。……あ、ああ……っ」

痛みは、ほんの一瞬感じただけで、直後には喩《たと》えようのない快感が櫂を包み込んだ。肌が粟立ち、毛穴という毛穴が全開になり、感じる暇もないまま、性器が弾《はじ》ける。

『アア、オ前ノ中ハ……相変ワラズ炎ノヨウニ熱イ……』

アメが感嘆の溜息を漏らしながら、再びゆっくりと身体を捻り始めた。櫂をすっぽりと長軀の中に抱きかかえ、生殖器を小刻みに震わせつつ、絶頂へ向かって長い道程を進んでいく。

「はぁっ……あ、アメぇ……も、もぉ……出な……い」

いったい、櫂は何度射精すればいいのだろうか。朦朧《もうろう》とする意識の中、櫂は射精の限界を訴える。

『出サナクトモ、イケルダロウ？　モットモット、淫ラニ感ジルトイイ』

しかし、アメは愛撫の手をゆるめることなく、棘《とげ》に覆われた生殖器で櫂の弱い部分を執拗に突くのだった。

蛇の交合は長く、半日から一日中繋がり続けるものもあるというが、アメのそれも同じだった。一度始めると、ひどいときは朝方まで続くことがある。その間、櫂は数え切れないほど射精させられ、揚句、ドライでも何度もイかされてしまうのが常となっていた。

「んあぁっ……あ、また……イッ……ちゃ……あ、ああ――」

ブルルっと全身が痙攣して、櫂は一人、またしても達してしまう。

『俺モ……一度、出シテモイイカ？』

何を訊ねられたのか分からないまま、櫂はコクコクと頷いた。

直後、下肢をきつく締めつけられたかと思うと、耳の後ろでアメが息を詰める気配を感じ、続けて腹に夥しい量の白濁が注がれた。

「ぁ、あ……お腹、焼け……る……っ」

どんなに長く絡み合っていても、アメの身体はひんやりとしているのに、腹に注がれる精液は熱湯みたいに熱い。

体内にアメの精液を注がれると、櫂はその刺激で何度目かの絶頂に至った。

――身体が……バカになった、みたいだ。

ぼんやりそんなことを考えていると、アメがいきなり生殖器を引き抜いた。

「……えっ？」

内臓を引っ張られるような感覚に腰を震わせながら、疑念の目を向ける。

するとアメはゼイゼイと荒い息を吐きながら、赤い先割れの舌を忙しく出し入れしていた。赤い瞳がいっそう濃くなって、白い鱗もほんのり薄桃色に染まっている。

『櫂……。イイ子ダカラ、俺ヲ……スベテ受ケ入レテオクレ――』

突然、改まった態度で請われて、櫂は理解できないまま「いいよ」と唇を動かした。

「おいで……」

目を細めて頷いてやると、アメは尾と身体を器用に使って、櫂の両脚を大きく開かせる。

そうやって櫂にあられもない状態を見せつけながら、アメは散々に嬲った尻の谷間へ、二つに分かれた性器の先端を同時に添えた。

「……え」

今まで感じたことのない感覚に、抵抗するという考えも浮かばない。

ただ瞠目《どうもく》して、白い蛇腹から飛び出した二本の生殖器が、自分の尻に収められていく様を見つめていた。

「あ、あ……あっ」

肉が押し拡《ひろ》げられ、内臓があり得ない形に変形するのが分かる。

どうしようもなく、おぞましい。

それなのに、肌は歓喜に震え、気が変になりそうなほど、気持ちがよかった。

『ハッ、ハァッ……ハァッ』

頭上では、アメが細切れに息を吐いていた。長い舌がときどき揺れて、舌舐めずりをしている。その仕草から、アメが極度の興奮状態にあるのだと察した。

「アメ……」

すべてを受け入れたとき、櫂はまたしても射精していた。けれど、性器から流れ出たのは、さらさらとした透明な体液だ。

その正体が何かも分からないまま、櫂は腕を伸ばして白い蛇を抱き締めた。

「好き、だ」

『アア、俺モ……オ前ヲ、愛シテイルヨ』

アメの声が掠れていた。腹の中で二本の生殖器がぶわりと膨れる。

圧倒的な快感に、櫂は声もなく啜り泣いていた。

そして、次の瞬間、アメは激しく畳の上でのたうちながら、二本の生殖器から同時に精を放ったのだった。

目が覚めたとき、櫂は人の姿となったアメに抱かれて寝室の布団に包《くる》まっていた。

「気分はどうだ？　どこか痛むところは？」

アメがひどく心配そうな顔で見つめるのに、櫂はきょとんとして問いかける。

「あ、れ……？」

「な、んで？」

何がどうなって、同衾《どうきん》しているのかが分からない。

「話せば長くなるのだが、俺の我儘を受け入れてくれたあと、布団に移動して人の姿でさらにまぐわった。お前が眠ってしまったから、風呂に入れて……」

「え、全然、覚えてない……」

愕然とする櫂に、アメは上機嫌で説明を続ける。

「お前はいつになく淫らで、積極的で、俺もついつい調子にのってしまった。だが、心地よかっただろう？」

「お、覚えていないのに、分かるはずないじゃないか……」

途端に激しい羞恥に襲われ、櫂は寝返りを打ってアメに背を向けた。

「お前が分からなくとも、その顔を見れば一目瞭然《いちもくりょうぜん》だ。顔色もいいし、肌に張りが出ているからな。存分に堪能《たんのう》した証拠だ」

「し、知らない……」

アメとの行為で、体調がよくなることは経験済みだ。

けれど、アメと正面からぶつかり合うようなセックスをしたのに、冒頭以外ほとんど覚えていないというのが、櫂には少なからずショックだった。

「櫂の淫らな姿は、俺だけが知っていればいい」

甘い囁きに、櫂はそっと肩越しに振り返った。

見れば、アメの顔は今までにないくらいつやつやしていて血色もいい。存分に櫂を抱いて精力をたっぷり得たせいだろう。

「櫂、やはり俺はお前を待ち続けてよかったと思っている」

衒《てら》いのない素直な言葉に、胸が震えた。

「アメ」

しっかり向き合って見つめると、赤い瞳が条件反射のようにスゥッと細められる。

「僕もだ。夢に見たアメとこうして一緒にいられて、本当に……とても、幸せだなって」

作りものめいたシンメトリーの顔を見つめ、櫂は問いかけた。

「これからも、僕とこの家を守ってくれるかい？」

すると、アメがすかさず答える。

「当たり前だ。そのために百年あまりものときを、一人で待ち続けていたのだから」

揺るぎない言葉。アメには欠片も、迷いなどない。

「幼いお前に助けられていなければ、今ごろ俺は、とうに消滅していただろう。お前を思うことで世に執着したからこそ、再び会うことができた」

「ねえ、アメ。もう一度訊いてもいいかな。どうして僕を待っていてくれたんだい？」

櫂の問いかけに、アメは少しだけ考え込んでからすぐに口を開いた。

「俺たちの一部の仲間は、契ったものと同じ姿となることで寿命を得る。寿命を得るということは、この世の生き物として生きて、そして死ぬことができるということだ」

アメはそっと櫂の髪を撫でながら、淡々とした口調で続ける。

「俺はもう、神という存在でいることにも、身勝手な人間にも辟易《へきえき》していた。櫂、つまりお前がいないこの世の中は、俺にとってまったく意味がない。だが、もしお前とともに生きられたなら、どんなに素晴らしいだろうと思ったのだ」

アメは、そこで深呼吸をすると、そっと櫂を抱き寄せた。そして、旋毛に鼻先を擦りつけながら、切なく声を震わせた。

「人と契ったことで得た寿命は、契った相手が死ぬと同時に尽きる」

「――え？」

アメの逞しい胸の中で、櫂は小さく声をあげた。

「櫂がいない世など、俺には意味がない。お前が死ぬと同時に俺も死ぬ」

櫂は驚きに肩を震わせながら、何も言えずにいた。

「お前がこの世を去る瞬間まで、そばにいて守ってやることが、俺の幸せだ――」

今はじめて、櫂はアメの本当の覚悟を、自分への強い想いを知らされたような気がした。

――これだけの覚悟をもって、僕を待ち続けていたのか。

アメの深い愛情を目の当たりにして、感動に胸が震える。涙が勝手に溢れてきて、顔が上げられなくなった。

僕も、覚悟を決めなきゃ、アメに失礼だ。

自然と、そんな気持ちが櫂を包み込む。

「あのさ、アメ」

櫂はスンと鼻を啜ると、アメの胸で涙を拭ってゆっくりと顔を上げた。そして、まっすぐに、赤い宝石のような瞳を見つめる。

「今まで、怖くて言えなかったんだけど……」

アメの腕の中、愛される喜びと愛する幸せを噛み締めながら、櫂はようやく告白の言葉を口にした。

「アメ、きみを愛してる」

ずっと言えずにいた、言葉。

「……耀っ」

赤い瞳に、大粒の涙が浮かぶのを認め、耀はそっと唇で拭ってやった。

エピローグ

『蔵カフェ・あかり』に、月城が姿を見せることは二度となかった。

季節が秋から冬へと移ろいつつある中、櫂は穏やかな毎日を過ごしている。

座敷わらしの噂と、櫂のコーヒーとフィナンシェが評判となって、店はそこそこの繁盛店となっていた。

「櫂さん、冬の間、お店閉めるって本当？」

瑠菜が不満顔で問いかけるのに、櫂は「うん」と頷いた。

「坂だけならまだいいんだけど、あの階段があるだろう。雪が積もると地元の人はともかく、観光できた人には危険だからね。それに、いろいろ調べてみたけど、コスト的に営業するより休んだ方がいいって分かったから」

「えー、残念！　冬の間、櫂さんのコーヒーが飲めないなんて、耐えられるかなぁ」

「まだ決めたわけじゃないけど、営業日数は少なくなるかも」

「それなら、まだいいかなぁ」

瑠菜はブーブー文句を言いながら、フィナンシェを口に運ぶ。

「……ん？　あれ？　おかしいな。もう一つ、残ってたはずなのに」

ふと見れば、皿が空っぽになっていた。

――あ。

瑠菜の背後に隠れてフィナンシェを撮《つま》み食いする日和を見つけ、櫂はほくそ笑む。

「ああ、もしかしたら僕が数を間違えたのかもしれない。ごめんね、瑠菜ちゃん。今、持ってくるよ」

「え、あ、はい……」

瑠菜はどうも納得していない様子だ。

「座敷わらしの、仕業だな」

櫂が蔵戸を開けようとしたとき、出窓の縁に腰かけた櫂が悪戯っぽく呟いた。

「えっ！　座敷わらし？　ちょっとアメさん。どこ？　どこにいるの？」

櫂の共同経営者・通称アメさんの存在は、今もこの蔵の中だけに限られている。それでも、アメと会話をした客は誰もが彼のファンになった。

「えー？　どこぉ？」

瑠菜はきょろきょろと蔵中を見回している。

その背後から、日和が小走りで出てきたかと思うと、一目散に二階の小部屋へ駆け上がっていった。丸い林檎みたいなほっぺに、フィナンシェの食べクズをいっぱいつけて……。

「瑠菜、座敷わらしは小さい子どもか、心のきれいな人間にしか見えないらしいぞ」

「ちょっと、アメさん。それどういう意味よ！」

言い合うアメと瑠菜を一瞥《いちべつ》して、櫂は母屋へ急いだ。


「冬の間、本当にどうしようかなぁ」

ある日の朝。

櫂はアメと日和と一緒にストーブにあたりながら、朝食を摂《と》っていた。

「なあなあ、櫂。休んでる間、通販……てのであの菓子を売ったらどうだ？」

「あ、それいい。……日和、それ、名案だ！」

「座敷わらしのくせに、商魂逞しいヤツだな」

アメは食事をしないが、おやつを食べる日和と一緒に食卓を囲んでくれる。

それだけで充分、櫂は幸せをひしひしと実感した。

——本当に、こんなに幸せでいいのかな。

毎日が幸せだと、人間は余計な不安をいだくということを櫂ははじめて知った。

自分が死んだら、アメも一緒に死ぬことになる。

そうなると、日和やこの家はどうなるのだろう。

「櫂、どうした？」

箸を止めて物思いに耽《ふけ》っていた櫂に、アメが声をかけてきた。

日和は今朝焼いたばかりのフィナンシェを食べるのに夢中になっている。

「うん、僕とアメがいなくなったら、……日和一人になっちゃうな、と思ってね」

すると、アメがふわりと笑って櫂の頭をぽんと軽く叩いた。

「そんな先のことを心配しても仕方がない。日和は長い間、この家の蔵に棲みついてきたんだ。何度も別れを経験している。それに……」

アメはそっと櫂の耳許に唇を寄せると、うんと潜めた声で囁いた。

「いずれまた、この地に縁《ゆかり》のある子が……いつか戻ってくるかもしれないだろう」

「縁の、ある子？」

鸚鵡返しに言って首を傾げる櫂に、アメは「たとえば、の話だ」と言ったきり、そのあとは取り合ってくれなかった。

——いつか、種明かし、してくれるかな。

「それより、店をあける時間じゃないのか」

アメに指摘され、櫂は古い壁掛け時計を見上げる。

「うわ、ヤバい。急がないと！」

「後片付けはしておいてやるから、早くしろ」

「シンクに浸《つ》けておくだけじゃ、片付けにならないから！」

アメが恩着せがましく言うのに、櫂はエプロンを手にしつつ言い返す。

日和はどこ吹く風といった様子で、とにかくフィナンシェに夢中だ。

「今日も、愛しているぞ。櫂」

背中に甘い言葉を投げかけられ、櫂は顔を真っ赤にしながら蔵へ急いだのだった。

あとがき

最後までお付き合いいただいてありがとうございます。四ノ宮慶です。

ラルーナ文庫様では久し振りになりますが、楽しんでいただけたでしょうか？

カフェが舞台なのに、水神（蛇）や座敷わらしが出てくるなんて、いったいどんなお話なんだろうと、少し不安に思いつつ手にとってくださった方もいらっしゃるのではないでしょうか。私も最初は櫂とアメをメインに考えていたので、担当さんから「せっかくだから座敷わらしもいることにしましょう」と言われたときは「へ？」ってなりました。

でも、プロットを修正してお話を書き始めると、櫂を中心にアメと日和が仲良くなって、三人が家族みたいに強い絆で結ばれていくのが、ごく自然に感じられるようになりました。今では『蔵カフェ・あかり』には、アメも日和もなくてはならない存在だったと確信しています。もちろん、櫂あっての『蔵カフェ・あかり』ですけどね。

初稿に入る際、暗くイタくならないようにと担当さんから念押しされたんですが、アメが月城を痛めつけるシーン。ゲラの片隅に「ここまでしたらヤバいのでは？」とえんぴつ書きされていて、ハッとなってさっくり削除しました。「いけない、いけない。つい、いつもの癖が出ちゃったよ」……なんて苦笑いしたのはココだけのお話です。

素敵なイラストをつけてくださった天路ゆうつづ先生。お仕事ご一緒できて光栄です。ラフを頂戴したとき、櫂もアメも日和も、頭の中を覗かれたのかと思うくらい想像どおりで、思わず身震いしました。本当にありがとうございました。

いつもお世話になっている担当さん。至らない私ですが今後ともよろしくお願いします。

そして、読んでくださった読者様。少しでも楽しんでいただけたら嬉しいです。よろしければご感想等お聞かせください。念願の蛇攻めだったので張り切って書いたんですが、ニッチなエロが萌え心に突き刺さった方は同志ですね（笑）。是非、蛇のち○こや交○についてて語り合いましょう！

それでは、またどこかでお会いできますように……。

四ノ宮慶

本作品は書き下ろしです。

ラルーナ文庫

この本を読んでのご意見・ご感想・ファンレターなどお待ちしております。〒111-0036 東京都台東区松が谷1-4-6-303 株式会社シーラボ「ラルーナ文庫編集部」気付でお送りください。

蔵《くら》カフェ・あかり、水神様《すいじんさま》と座敷《ざしき》わらし付《つ》き

2018年12月7日 第1刷発行

著　　者｜四ノ宮《しのみや》 慶《けい》

装丁・DTP｜萩原 七唱

発 行 人｜曺 仁警

発 行 所｜株式会社 シーラボ
〒111-0036 東京都台東区松が谷1-4-6-303
電話 03-5830-3474／FAX 03-5830-3574
http://lalunabunko.com

発　　売｜株式会社 三交社
〒110-0016 東京都台東区台東4-20-9 大仙柴田ビル2階
電話 03-5826-4424／FAX 03-5826-4425

印刷・製本｜中央精版印刷株式会社

ISBN978-4-8155-3202-4

仁義なき嫁　横濱三美人

高月紅葉 | イラスト：高峰 顕

佐和紀、周平、元男娼ユウキ、そしてチャイナ系組織の面々…
船上パーティーの一夜の顚末。

定価：本体700円＋税

三交社